WILDOAK
橡樹森林的秘密

C.C.Harrington

C.C.哈靈頓 —— 著
黃筱茵 —— 譯

Only if we understand, can we care.

Only if we care, will we help.

Only if we help, shall all be saved.

——Dr. Jane Goodall, 40 Years at Gombe

唯有理解，我們才會在乎。

唯有關心，我們才會伸出援手。

唯有給出幫助，所有人才能得救。

——Jane Goodall 珍·古德《在貢貝 40 年》

也許他們之間的一切會開始改變。但願如此。

不會容易，可是一切都會安然無恙的。

PROLOGUE

序幕

威達克森林闃靜無聲。蜘蛛網在幽微的光線下閃閃發亮，上頭還結了霜。柔軟的白色雪花靜靜飄落。幾隻獾緊緊蜷縮在窩穴深處。一隻黃褐色貓頭鷹在黑白相間的枝頭間高速俯衝，安靜得宛如鬼魅。在一層層初落的白雪與豐厚的棕色土壤深處，古老的樹木透過織毯般的根部網絡，對彼此傾吐心聲。這些樹根的纖細程度甚至不如一綑蜘蛛絲。

這時候，森林裡發生了一件前所未有、日後也不會再發生的事。

一輛小貨車緩緩沿著小徑駛來，車前燈光線穿透紛飛的雪花。男人下車，皮鞋在結冰的小徑上微微打滑，他瞥向高聳的樹影點點頭。「這裡可以。」他說，呼出的氣息化為縷縷輕煙。接著，他打開手電筒，開啟小貨車的行李箱。

他打開一個籠子。
籠子裡裝著不該在那裡的東西。

一九六三年二月英國倫敦

Chapter 01

她想要被理解。被傾聽。

瑪姬將指尖抵在鉛筆頂端，鉛筆又尖又利，可是這真的夠銳利嗎？當然夠。她感覺胃裡空蕩蕩的，一陣陣顫抖。事實上，她全身上下都在微微顫抖，就連她的腿也晃個不停。瑪姬用大拇指和食指轉動著黃色鉛筆，她把筆翻來轉去，用鉛筆的一端敲著桌面。或許這是**唯一能逃離這裡的辦法了**。

下一個輪到希拉蕊・穆爾，她開始朗讀第32頁最上面的文字，第二段第四句。她的聲音清爽又輕盈，像音樂般流暢地傳遞著每一個字。

瑪姬緊咬著嘴唇。只要她有辦法撐過第一句，不要結結巴巴，或許接下來的文字就會念得很順，她就可以鬆一口氣，把鉛筆丟到一旁了。

但她知道這是不可能的。

她注定會卡住。她能好好說出某些字，可是又會突然失敗。空氣會哽在喉嚨，她的頭會不由自主的搖晃、嘴巴張開卻發不出任何聲音、不斷地眨眼睛，房間裡每一個人都會瞪著她看。

然後，他們會大笑。

她用力閉上雙眼。她的腦海中浮現出嘲笑的臉龐、指指點點的手指。她受不了了。到那時，所有人都會**知道真相**，她又得轉學。又一次。

她張開眼睛，四處環顧。教室的窗戶都上鎖了，門是關上的，空空蕩蕩的奶油色牆壁上，古老的散熱器哐噹作響，空氣又悶又熱，露易莎．沃克坐在她右邊，專注地聆聽並用直尺跟著隨文字閱讀。儘管她們不曾真的交談過，不過露易莎看起來人很好。也許這次情況會不一樣，瑪姬絕望的想著，也許露易莎不會嘲笑她，又或者是尼可拉，尼可拉．羅賓森人也很好。**很多人其實人都很善良**。

短暫的停頓後，接著傳來腳步移動的聲音，還有書頁翻動的聲音。

「謝謝你，希拉蕊。念得非常棒——事實上，你念得美極了。瑪格麗特．史帝芬斯，請從第34頁最底下開始朗讀。」比楊特老師的聲音在教室裡迴盪，聽起來遙遠而模糊。「瑪格麗特？」她又喊了一次。

悶悶的咯咯笑聲。有人已經開始竊笑了，而她甚至連嘴巴都還沒張開耶。瑪姬覺得她毛衣上的羊毛彷彿緊緊纏繞在自己脖子上。

「瑪格麗特．史帝芬斯，你有聽見我在跟你說話嗎？」

瑪姬盯著書頁，那些印刷字它們彎過來繞過去，長著尖角，邊緣很尖銳，像是一堆準備勾住她的魚鉤。比楊特老師的問題懸在空氣中。現在所有人全都瞪著她看了，他們等著瑪姬開口。**這是唯一能逃離這裡的辦法了。**瑪姬的心臟撞擊著肋骨，碰碰作響。她緊握鉛筆，再把鉛筆抽回來，反覆不停。**就是現在。**她把削得很尖銳的鉛筆尖深深

刺入左手柔軟的掌心。

劇痛讓她倒抽了一口氣。滾燙的淚水順著臉頰流下。她搖搖晃晃的站起身，然後舉起手。手掌上突起的鉛筆碎片看起來就像醜陋的巨大尖刺。瑪姬顫抖著，深紅色的血從傷口滲出來，滴落在地板上。

「噢，我的天呀！瑪格麗特，究竟發生了什麼事？你還好嗎？趕快！你可以離開教室了！快去找諾拉護士阿姨！快！」

瑪姬衝出教室，略過身旁那些嚇壞的、厭惡的臉龐。現在沒人在笑了。她繼續奔跑，握住受傷的手，她的腳步聲迴盪在紹瑟姆小學的走廊上。不過，比起她感受到的痛楚，瑪姬更感到如釋重負。

諾拉護士阿姨體型豐滿，眼睛小小的，身上穿著海軍藍制服，頭戴漿得筆挺的白帽。她在房間裡走動時，步伐顯得十分笨重。

「瑪格麗特．史帝芬斯，又是你啊？這次又怎麼了？」

瑪姬垂下雙眼，默默把手伸出來。

「噢，這又是怎麼弄的？講話啊，孩子！」

瑪姬繼續垂著雙眼。她離開教室的藉口已經愈來愈誇張，根本無需再解釋了。這可是諾拉護士，她永遠不可能理解的。

「你這三個禮拜已經來這裡報到六次了，這不正常。」諾拉護士深深嘆了一口氣。「瑪格麗特，你都快要十二歲了，不可能每次都這麼笨手笨腳呀。」

沉默。

諾拉護士瞪著她，瑪姬用力吞了一下口水。她的手抽痛，她現在真的很痛。

「所以這次**你又不打算做任何解釋了**，我真驚訝。」

瑪姬盯著自己鞋子的大拇趾部位。她沒擦鞋子，鞋面有很多地方磨損了。為什麼人們看不出這所有的一切都不是她自願的？她並沒有選擇口吃。這並不是再努力一點、呼吸得慢一點，就能解決的問題。她天生口吃，無法控制，不論她試著做什麼，或者不做什麼，結果都一樣。有時候那些字會好好的跑出來，但大部分時候都沒辦法。

瑪姬突然覺得房間又小又窄，她不禁把目光瞥向地板。

「坐下。」諾拉護士順著瑪姬的視線，指向一張凳子。「你哪裡也不准去。」

瑪姬望著她在一座櫥櫃裡翻找，取出一大罐優碘和一罐棉球。她嘎吱一聲轉開蓋子，深黃色的液體浸透柔軟的白色棉花，像是蓬鬆的污漬。「會有一點痛喔。」護士說。

瑪姬盯著她那雙小眼睛，還有臉上那幾抹淡藍色的眼影。你真是個差勁的護士，瑪姬心想。你從未讓我感覺好過，哪怕只有一點點。她真想把手抽回來跑到外面去。

諾拉護士抓住瑪姬的手腕，用她的胖指頭握住鉛筆，她用力一拉，輕輕的噗哧一聲，鉛筆就鬆動了，鮮血隨即湧出。諾拉護士迅速用浸滿優碘的棉球用力往下壓，覆蓋住傷口。瑪姬強忍著不要發出尖叫，疼痛像火一樣燒灼，竄上整隻手臂。

「你知道嗎，瑪格麗特，自從你到這所學校來，我一直覺得你哪裡怪怪的。」諾拉護士淡藍色的眼皮一眨一眨，一副若有所思的模樣。「那是你的聲音沒錯吧？只是你試圖掩飾。我見過你在操場上獨坐，不跟其他孩子說話，即使他們主動跑來找你也一樣。這很不正常，這很不對勁。」她把壓力轉移到瑪姬沒受傷的那隻手上。

瑪姬感到一陣噁心，覺得自己可能生病了。「欸，他們現在連嘴部凍傷都可以治療了。」諾拉護士繼續解釋道，每一個字都像是小小的鉛彈射向瑪姬。瑪姬試圖忽略不聽，但那女人仍舊繼續說個沒完。「你知道吧，有些地方，就是一些特殊醫院……是專門為殘障人士設置的。有一間就在東倫敦，而且聲譽很好。」她伸手拿起一只鐵盤，裡頭放了好幾支針頭，還有一捲深綠色的線軸。「我要告訴妳爸媽這個地方，我想它的名字叫做顧蘭村。」

瑪姬發抖了。她以前就聽過顧蘭村。好幾個月前，聖安小學的湯姆・貝克因為跛腳就被送到那裡。瑪姬清晰地記得湯姆的媽媽站在學校大門邊，雙眼通紅，眼底充滿淚水的模樣。大家都在談論這件事。湯姆的一個朋友去探望後回來說，那裡的小孩只要一哭，就會被鎖進櫃子裡，甚至被綁在床上動彈不得。他說那裡的「醫生們」對爸媽都親切有禮，可是醫院內部卻是如同噩夢般的地獄，孩子們都餓到被迫吃草和牙膏，才不會餓死。吃草和牙膏欸。

諾拉護士清了清嗓子。她用針頭輕輕敲了敲鐵製托盤的邊緣，發出微弱的乒乓聲，接著用大拇指和食指掐起針。

「這樣是不對的。」她繼續說著，把線穿過針眼。「瑪格麗特，像你這樣的學生不能跟表現良好的孩子待在同一班。這樣破壞力太強了。所以這個嘛，嗯，這就是最後一根稻草了。」

瑪姬別開臉，看向窗外。她不想讓諾拉護士得逞，不想讓她看到自己被這些話傷害。這種痛楚甚至比手上的傷口更深。

「現在不要動。」諾拉護士抓住瑪姬的手指，拿起那根針。瑪姬用力握緊沒受傷的拳頭。她從未經歷過用針縫合傷口。她望著髒兮兮的雨滴在玻璃上碎裂，緩緩流下。再一次，瑪姬打從內心深處感受到那種渴望，渴望能跟其他人一樣：講話時不會結結巴巴，想說什麼、就說什麼。她想要被理解。被傾聽。

針刺入她的皮膚。

Chapter 02

所有的一切都陷入黑暗。

雪豹寶寶拱起背，擠到獸欄的角落，然後緩緩轉身，身子愈匐愈低。相較於身體其他部位，他的腳掌依然又大又笨拙，他還需要繼續努力，熟練祕密行動的藝術才行。他又長又蓬鬆的尾巴在身體兩側甩呀甩。他壓低了耳朵。這將是史詩級的一跳。他再後退一點，把身子往上盤得愈來愈長，變成一團隱隱蓄勢待發的彈簧。直到——咻！

他往前一蹦，躍入空中，宛如一艘毛皮火箭，準備把他姊妹從小斜坡頂端撞下來……可是他沒瞄準……結果從獸欄另一側滾了下來，四肢胡亂舞動，看起來很笨拙，一點也不優雅。他的頭重重地撞到獸欄側邊，發出很大的一聲「碰！」，然後他滾了過來，腳爪仍在空中徒勞地揮舞。

母雪豹寶寶輕盈一躍，側身登上攀爬柱，開心自己逃過一劫。她纖瘦敏捷，移動時宛如銀光點點的漣漪。她低頭望向自己的兄弟，湛藍的眼睛掠過一絲得意。

公雪豹寶寶重新站穩。

毛茸茸的長尾巴一副彷彿觸電般豎立著。

啪嗒啪嗒啪嗒。

兩隻小雪豹轉身，面對一排人類的臉龐，無數鼻子和手指穿過他們獸欄前方的圍籬。一雙又一雙眼睛瞪著他們看。他們全都擁有掠食者的雙眼，眼睛長在頭部前方，不像獵物那樣在頭部兩側。公雪豹寶寶嗅聞著空氣，往後凝視了一會兒，接著轉身去追逐他的姊妹，爪子深深刺進攀爬柱細繩編織的表面。母雪豹寶寶又飛撲到更高的地方，可是攀爬柱頂端已經沒有足夠的空間容納他們倆，於是她又迅速出擊，一掌將他拍落。

人類都吃吃笑了出來，指指點點。

一個圍著鮮豔絲巾的女人前傾把身子靠近網柵。她用手指輕輕彈著綳緊的金屬線圍籬。

啪嗒啪嗒啪嗒。

「好可愛的豹寶寶。還是牠是黑豹呢？親愛的，牠是什麼動物呀？噢，牠真可愛。」

「我不曉得。牠身上有斑點，也許是獵豹。」她身邊的男人說。

「不對吧，牠是銀色的！獵豹是黃色的。噢，看這裡，貓咪，貓咪！」

啪嗒～啪嗒～端～端～端～啪嗒。

他們繼續瞪著兩隻雪豹寶寶看。男人的鼻子又窄又長，尖端泛著粉紅色。他把一滴滲出來的鼻涕吸回去，拿出自己的手帕。

「一定是豹子啦。」女人說。「你覺得你妹妹會喜歡豹子嗎？她有那麼多豹紋外套，你覺得怎麼樣？」

「親愛的，別傻了。她的公寓很小。」男人擤了擤鼻涕。

「親愛的，我們已經沒有好點子，也沒時間了！三十歲是很重要的生日。明天之前，我們得找到什麼……戲劇化的東西才行。再說她朋友小紫——她叫什麼名字來著？就是那個每次跟你妹一起喝茶，住在騎士橋那個女人？她有一隻寵物小母獅耶，她家也沒有大多少啊。」

「噢，親愛的，拜託。我妹連自己都照顧不好了，更別說要照顧一隻大貓。」

男人又很大聲的擤了一次鼻涕，然後把手帕摺起來，放回大衣口袋裡。「還有，這東西長大以後，她又該拿牠怎麼辦？」

「欸，不然我們還能送她什麼？我們已經逛遍哈洛德百貨公司的每一層樓了！這裡可是全世界最奢華的百貨公司，連伊莉莎白女王也在這裡購物，我的老天。不然你還想去哪裡？何況艾拉貝拉超級寂寞好嗎。」

男人微微瞇起眼睛，身子往前傾。他的鼻孔微張，感冒似乎愈來愈嚴重了，逛街讓他很累。

「說不定這正是我們該選的禮物。」男人自言自語，「沒錯，也許你說對了，親愛的。」他查看了一下手錶，讓身子離獸欄遠一點。「我改變心意了。我覺得這個主意超棒。親愛的？」

可是女人已經往前走了，她被隔壁店家獸欄裡打折的犰狳吸引住。男人轉身，朝附近一位來回走動，穿著時髦綠色制服的店員揮手。

「不好意思？對——就是你，謝謝。我想要買一隻那個……呃……那到底是什麼動物？」

「先生，那是雪豹。」男人說，拍了拍他外套上的翻領。「Panthera uncia。」

「沒錯，對啦，什麼都行。我要一隻。請問明天是否能幫我快遞到一個特定地址。」

「先生，容我先確認一下運送選項，不過我想基本上不會有問題。您想要公雪豹還是母雪豹？」

「都沒差。」

「先生，太好了，請稍等我一下。這裡有一些您需要答覆的問題和需要閱讀的守則。不需要太長的時間。如果您願意跟著我，我們一定馬上就讓您完成這些程序。」

「非常好，呃，牠……牠們有名字嗎？」

「先生，您一購買就可以更改名字了。」店員露出了微笑。「不過是的，目前牠們的名字是朗帕斯和蘿西。」

「啊。」男人點點頭。「如果你問我的意見，這兩個名字挺傻的。」

店員委婉的點點頭。「先生，就像我之前說的，您購買後就可以幫牠們改名，改成您喜歡的名字。請往這邊走。」

「親愛的！一起來吧，我們有些文件需要填寫。葛羅莉亞親親！快過來！」男人對圍著鮮豔絲巾的女人喊道。她抬起頭，迅速回到他身邊。

幾小時後，朗帕斯和蘿西蜷縮在彼此身旁。他們墜入了夢鄉，對周圍逐漸散去的人群和即將結束的一天渾然不知。朗帕斯正在作夢。眼睛緊閉，爪子微微顫抖。蘿西仰躺著，奶油色的軟肋軟綿綿的攤向一側，厚實蓬鬆的尾巴如毯子般裹著後腿。她將鼻子貼在兄弟的毛皮上。他們向來這樣睡覺，互相取暖，相互安慰。

一道亮光突然灑進獸欄裡，他們兩個都驚醒了。

戴著白手套的大手探進來，朗帕斯發現自己的頸部項圈被提了起來。

他喵喵叫著，蠕動掙扎、用爪子拍打。接著，尖銳的針刺進他的左側腹，沒有幾分鐘，所有的一切都陷入黑暗。

Chapter 03

沒有口吃、沒有卡住，什麼狀況也沒有。

瑪姬輕輕關上房門。她扔下書包，踢掉上學穿的鞋。她很愛自己的房間。低矮的天花板以奇怪的角度傾斜，創造出許多角落和小空間，她每次要爬上床，都非得低下頭才行。她喜歡藏在遠處角落的那個歪歪扭扭的壁櫥。更準確的來說，她愛上這種必須鑽進小空間的感覺。讓她感到完整。

她剝掉濕答答的羊毛襪，從雪地裡走回家讓她的襪子變得潮濕。地板冰冰的，不過很熟悉，當她穿過房間時，腳底每一步都感覺很踏實。她用沒受傷的手提起櫥櫃的橫栓。

「大家好呀。」瑪姬說。這裡的空間只夠她一個人擠在裡頭，上方裸露的屋椽灑下一縷縷自然光。瑪姬能盤腿坐下，如果想站直，就會有點困難。牆壁很粗糙沒有完工，上面釘著一排不太平整的松木架子。架子上擺放一排箱子、罐子，還有堆得整整齊齊的報紙。有一端還放著一塊小砧板和刀子，上頭散落切好的紅蘿蔔丁和葡萄乾。

「威靈頓？威靈頓，我回來了。」瑪姬輕聲說著，從架上取下一只鞋盒，放在膝蓋上。盒子側面剪開做成迷你窗戶，還有一扇永遠打開的前門。

「我的朋友，你好啊。」她說，輕輕推著一個稻草和碎報紙做成的小窩。一隻小小的棕色老鼠探出頭來，臉上的鬍鬚抽動著。「你今天過得好嗎？我有好多話要跟你說。」瑪姬頓了頓。「其實我要跟你分享的不是什麼好事啦，比較算是壞事。」老鼠搖搖頭，從耳後抖落細碎的稻草，接著用後腿站了起來，歪著頭，彷彿真的在聽瑪姬說話。

自從瑪姬有記憶以來就一直是這樣了。從她爸媽第一次帶她去倫敦動物園，看到老虎以來。老虎從柵欄另一側走到瑪姬這邊，他靠得非常近，近到瑪姬能直直望進他金琥珀色的眼睛。「你試著要告訴我什麼事對吧。」瑪姬低聲說，她小小的心臟用力鼓動著。「不過你沒辦法講話，對吧？」

就在那一刻，她沒有多加思考，就開始跟那隻大貓講話，話語源源不絕的流出來。沒有口吃、沒有卡住，什麼狀況也沒有。史帝芬斯先生和史帝芬斯太太瞪著瑪姬看，對眼前發生的事驚訝不已。沒有任何人明白這究竟是為什麼，又是怎麼辦到的，不過從那一刻起，每當瑪姬與動物說話，就不曾口吃。到現在依然如此。

老鼠眨了眨眼睛。他洗洗臉，蹦蹦跳跳的衝到瑪姬膝蓋上。「看來你有好好睡午覺喔。」她說，用一根手指輕撫他光滑、棕色的背。他小巧的身子溫暖又柔軟。瑪姬把他舉了起來。「別擔心。」她舉起自己纏著繃帶的手說。「我馬上就會告訴你所有的事。不過我們先完成例行公事吧，我要好好跟大家打個招呼。威靈頓，我今天好想你喔。我每天上學的時候都很想你，不過今天又特別想念你。」

瑪姬讓他坐在外面，自己又沿著架子伸出手。她拿起一個有銀色瓶蓋的小果醬罐，瓶蓋上用刀隨意的刺了幾個洞。瑪姬轉開瓶蓋時，發出了小小的刮擦聲。兩隻花園蝸牛就黏在罐子裡的玻璃上。其中一隻蝸牛正在啃著一塊已經不怎麼青脆的小黃瓜。

「你們好啊，戰鬥機、颶風。你們兩個今天怎麼樣啊？看來你們需要再加點濕氣，」瑪姬說，在心裡默默記下，該在罐子裡加一點水才行。「現在還太冷，我不能讓你們待在外面，不過應該不必再等太久，至少我希望如此。」兩隻蝸牛冷靜又溫和。牠們慢慢移動，觸角上的雙眼把所有的一切都看在眼底，不論斷、不咄咄逼人，就像空中絕妙的探測器。瑪姬欣賞著牠們的蝸牛殼，鮮麗的棕色螺旋中閃耀著濃淡不一的焦糖色亮點和帶著焦茶色的深色斑點，彼此交纏，一派和諧。

她蓋上蓋子，拖著腳步走到旁邊，抬起一塊積滿灰塵的磚頭轉到一側。「那你們四個怎麼樣啊？嗨。」四隻圓圓胖胖的潮蟲跳了出來，牠們先是四處爬，接著忽然跳到她的手掌上，以之字形在她的手上蜿蜒爬行，小小的灰色腿部互相摩擦，頭上的觸角搖搖擺擺。

「哎呀！林戈，不要，等一下啊，喬治！噢，保羅！」其中兩隻潮蟲突然倒在地板上，立刻縮成小小的硬殼球。「這樣子肯定不舒服吧……」瑪姬溫柔的把牠們拿起來，小心翼翼，避免用指尖夾傷牠們。「真對不起！繃帶讓我變得笨手笨腳，我控制不好自己的手。」她停頓一下，努力驅走諾拉護士縫針的苦澀回憶。「你們餓了吧。」她輕聲說著，將牠們四個通通推回那塊舊磚頭上，還撥給牠們一點點切碎的胡蘿蔔。「給你們吃，試試看這個吧。」

瑪姬把身體往後挪動，轉個角度，仰身抬頭望向天花板。一隻大大的棕色蜘蛛靜靜地垂掛在屋簷下的蜘蛛網上。「那你呢？夏綠蒂？你今天過得怎麼樣？」

《夏綠蒂的網》多年來始終是瑪姬最愛的書之一。自從瑪姬首次發現這隻蜘蛛努力想從浴室臉盆中尋找出路，她就知道該幫她取什麼名字了。不過，把這些潮蟲在錯誤的時間養在錯誤的地方就有點困難了，這座櫥櫃很小，而夏綠蒂畢竟是一隻蜘蛛。

最後，瑪姬轉過身，用膝蓋慢慢往前滑，好爬向這個小空間的另一端。房裡一角擺著一只快要散掉的木製鳥籠，裡頭住著瑪姬最後一隻寵物——一隻受傷的斑鳩。瑪姬打開籠門，把沒受傷的手伸進鳥籠裡。斑鳩跳到她手腕上，牠的爪子有點尖銳，抓握時感覺就像抓住小樹枝的力道。幾個禮拜前，這隻鳥兒撞到送牛奶的貨車，結果翅膀傷得很嚴重。

「最後，但同樣重要的是：你好呀，笛子。你的翅膀感覺如何？」瑪姬調整了一下斑鳩的繃帶。牠暗橘色的眼睛左左右右咕嘟咕嘟的轉動著。「你看，現在我也有繃帶囉。」瑪姬說。「我們是雙胞胎！」她咧開嘴巴笑了。「你要到我房間來嗎？我們可以看看窗外，看看能做些什麼？」

碰。碰。

櫃子的門微微震動。瑪姬頓時僵住。

「聽起來爸爸到家了。」她說。笛子依舊停在她手腕上，她慢慢往後移，將耳朵貼在櫥櫃的門板上。她爸媽的聲音從樓下傳上來，響亮而憤怒。

「愛芙琳，你要到什麼時候，才肯面對現實？天啊，她需要接受治療！」她爸爸大吼。「你聽到校長和諾拉護士怎麼說的了，他們根本不想接納她。到此為止。我們已經試過三間學校了。**兩年就換了三間耶**。已經沒有其他學校可以換了，實在太難看了，而且我已經受夠了。真的受夠了！你聽見我的話了嗎？瑪格麗特要去顧蘭村，她必須去。」

她媽媽的回答比較小聲，聽起來就像在喃喃自語，音量小到瑪姬幾乎聽不見，她豎起耳朵努力想要聽清楚。

「那只是謠言！沒有人因為湯姆．貝克哭就揍他。別荒

謬了。諾拉護士知道自己在講什麼，她是專業人士啊。時候到了。還有，你別想開始教我該怎麼做！」

「文斯，拜託你。冷靜一點！拜託你冷靜一點吧！」現在她媽媽也提高了聲音。瑪姬一動也不敢動。「拜託！聽我講一分鐘就好！只要一分鐘。我有個主意，我希望你仔細考慮一下。」媽媽的聲音再度變得柔和。

笛子把沒受傷那邊翅膀的羽毛弄得鬆鬆亂亂。牠穩穩地站在瑪姬手腕上。「我到底該怎麼辦才好？」瑪姬小聲說，一邊輕輕撫摸著鳥兒。她的指尖在顫抖。瑪姬在櫃子裡待了很久，一動也不動，直到好久好久以後，樓下的聲音變成模糊的嗡嗡聲，她再也無法辨識出爸爸或媽媽到底在說什麼。

Chapter

04

朗帕斯發現整個情況愈來愈令他困惑。

項圈感覺不太對勁。非常奇怪。朗帕斯坐回獸欄裡，抬起後腿，試圖扒掉項圈。鏘鏘鏘鏘鏘。他弄不掉。項圈反而一下子卡在他脖子上，緊緊的，很不舒服。他把爪子伸長，再試了一次。

鏘鏘鏘鏘鏘。這個東西根本紋風不動。實在是太可惡了！還叮叮噹噹的，金屬標牌一直在他下巴底下叮噹作響。

小貨車猛然搖晃。朗帕斯滾向獸欄的板條牆面，又往旁邊滑去。他在卡車後座，所有的一切都在移動，把他彈過來、彈過去。他不確定自己要去哪裡，也不曉得他的姊妹發生了什麼事。

他用鼻子嗅聞空氣中的味道。廢氣的氣味濃烈得令人窒息。他努力試圖去分辨其他氣息，人類的氣味、柏油路面的味道、煙霧。周圍充斥著各種噪音，引擎的轟鳴聲、喇叭聲、輪胎轉動聲、以及川流不息嘈雜的交通聲。

卡車緩緩減速。他們轉過一個又一個彎道。朗帕斯一下子滑向這邊，一下子滑向另一邊。他感覺頭昏。駕駛換檔，小貨車徐徐停下。朗帕斯聽見一聲悶響，門開了又關上，隨後是腳步踏進柔軟雪地和半融冰的聲音。鎖咔噠一聲打開，晨光透過獸欄的木板條間隙灑落進來。一股凜冽的冬日寒氣襲來，喚醒他所有的感官。他感覺到獸欄往前滑動，便緊緊抓住木頭底座，以免摔倒，他尖銳的爪子深深刺進木頭。

兩個男人把獸欄搬出卡車，輕輕放在結冰的人行道上。朗帕斯在獸欄裡踱步繞圈圈，他把臉貼在木柵欄上，好看見外面的情況。

他們此刻身處一條又長又寬敞的街道盡頭，街道兩旁排列著白色建築，每棟建築都有時髦的階梯和明亮的前門。

卡車司機按了其中一戶的對講機。對講機傳來一陣鈴聲。朗帕斯依舊在獸欄裡焦躁地繞圈圈。

「是艾拉貝拉・潘尼沃斯女士嗎？」

「有什麼事嗎？」

「早安，女士，我們送特別快遞來給您，是從哈洛德百貨公司的寵物王國送來的。」

「真的嗎？」

「是的，女士。」

「寵物王國？哈洛德百貨公司？天啊，究竟是誰送的呢？」

朗帕斯停了下來不再踱步。他把耳朵往前豎。聽得到紙張翻動的聲音，還有其他雜音。

「呃，是潘尼沃斯先生和太太送的，還附上了生日祝福，女士。」

「噢，是的，那是我哥哥史丹利，還有他太太葛羅莉亞！多麼貼心啊。我穿上外套馬上下樓喔。」

朗帕斯又開始在獸欄裡急躁地來回踱步。這座獸欄很小。他很想出去。其中一位司機蹲下身盯著獸欄裡的他。

「好啦，小傢伙。這裡就是你的新家囉。祝你好運！」

朗帕斯從男人的語調聽出他試圖安撫自己。但這沒用。他用腳爪拍打欄壁。

「嘿，停下來，她很快就下……」

絞鍊晃動，門打開。腳踝，接著是高跟鞋喀噠喀噠在結冰的階梯上走動的聲音。朗帕斯停了下來，他再度把鼻子貼在木條上。更多聲音傳來。接著是一陣停頓。

一陣很長的停頓。

「這是什麼動物呀？」

「這是雪豹，女士。」

又是一陣停頓。

「我還真是感激。天曉得我要怎麼照顧牠呢？」

「女士，請您在這裡簽名。我把文件給您，我們可以一起讀一遍，上面有很多有用的資訊。」

「非常好。噢，我說，多麼具有異國情調呀！」

朗帕斯看得到三雙腳在附近移動。深綠色長褲底下亮晶晶的黑鞋，有光澤的高跟鞋，還有一雙老駕駛的靴子。更多聲音，更多沙沙聲。

女人跪了下來，臉上流露出一瞬間複雜的情緒。她的呼吸在冷空氣中化作霧氣。她聞起來有一點像……花的味道？那種味道既不自然又令人作噁。朗帕斯忍不住瞇起眼睛，縮了縮鼻子和鬍鬚。他打了個噴嚏。

「看看你！你真是個漂亮的小家伙對吧？我哥哥竟然在世紀大暴雪時，送我一隻雪豹，也太有意思了吧！」她戴著黑框眼鏡，長長的睫毛非常濃密。她大笑了，聲音輕盈又活潑。朗帕斯盯著她看。

「男士們，請把他送上樓吧，謝謝你們。」

朗帕斯發現整個情況愈來愈令他困惑。而且他餓了。從他的眼光看來，這個新房間比他在百貨公司待的獸欄大很多，不過女人依舊沒打開他的獸欄，他們又講了很多話，上了好幾層樓梯讓他感到很不舒服。

他不耐煩地抓著獸欄側邊，用爪子刮著木頭。早餐時間已經過了，顯然應該有人提醒這個散發病態花香味的女人，這個重要的事實。

電話鈴聲響起。

朗帕斯嘗試去咬獸欄側邊。

但根本沒有差別。女人壓根沒注意到這件事，現在她又在嘰哩呱啦的講話了。

「喂……噢，史丹利……對，豹子已經在這裡了，剛送到。謝謝你……對，我真是太驚訝了……噢，沒有，我很高興！多好玩啊！我準備把牠放出來。哈洛德百貨公司的先生幫了很大的忙，別擔心。他讓我看了那箱食物，已經跟我說明過怎麼照顧牠，嗯嗯，對……要好好帶牠散步。他給了我一條牽繩，還有所有應該準備的東西……我也拿到項圈了，很漂亮，是我最愛的藍色，而且很耀眼。我很快就要帶牠去公園……呃，瑪莉今天晚上要幫我辦一場**雞尾酒會**，我沒辦法……什麼？噢，我就把牠留在那個像是籠子的東西裡呀……噢，對！很醜就是了。他們沒賣像是狗窩那類的東西嗎？比較不那麼……粗糙的……噢，我知道了。好吧，我下個禮拜再去看看。再次感謝你，史丹利。請告訴葛羅莉亞，我真的很驚喜。謝謝你們……真心的。我覺得我們會相處得很好，牠真的很美。再見，史丹利。」

朗帕斯將肩膀靠在獸欄後面。

過了一會兒，女人跪了下來。

「天哪，拜託你安靜一點好嗎。如果你一直這麼粗魯，我是不會放你出來的。」

朗帕斯聽見橫門打開的聲音。他仍然站著不動，只有尾巴甩呀甩的。

門緩緩打開了。

他小心翼翼地踏了出去。

這個地方讓朗帕斯感到有些不知所措。他從來沒見過一個地方有這麼多傢俱和巨大的窗戶。他也不曾踏在這麼柔軟、這麼像海綿的地毯上，朗帕斯忍不住多踩了地毯一兩下。

「現在，我們來瞧瞧吧。你叫什麼名字呢？『朗帕斯』？噢，天呀。」女人邊說邊快速翻看哈洛德百貨公司的司機剛才交給她的資料。「我真的不確定這個名字好不好。我得幫你取個新名字才行。『暴風』怎麼樣？豹子暴風？對，這個名字聽起來還蠻時髦的。」女人一邊帶朗帕斯走向廚房，一邊說個沒完。「來吧，到廚房這裡來。司機已經說明過了。我現在給你一點東西吃，然後我們就去散步。」

朗帕斯有點不放心的跟在女人身後，他毛茸茸的長尾巴在身體兩側來回搖擺。一陣有趣的新氣味完完全全吸引了他，當中有一種他尤其無法忽視的味道，生肉。

女人打開一個大包裹。「噢，天哪，這些肉丸真的……很血腥。」朗帕斯在櫥櫃旁不耐煩地踱步，用腳爪扒著地上的磁磚。

「好啦，這些給你。」女人把一個瓷盤放在地板上，粉紅色的牛絞肉肉丸高高堆在盤子上。「我只給我的新貓咪最好的東西。」女人把身子往前傾，好像要撫摸朗帕斯的樣子，卻在最後一刻改變心意，抽回自己的手。

朗帕斯真的太餓了，三兩口就把食物一股腦兒吞進肚裡，接著，他用亮粉紅色的舌頭舔舔自己潔白的牙齒。他習慣性的四處張望，想看看蘿西是否吃完了她的食物，看看自己能不能從她那裡偷搶個幾口，不過他想起來了，蘿西不在這裡。他出聲呼喚她，發出軟綿綿的喵喵叫聲。

「暴風，你在找什麼呀？不對，這個名字聽起來還是怪怪的。」女人側著頭說。「你真的需要一個適合你的好名字。冰雪怎麼樣呢？天氣這麼冷，你又是隻雪豹？你還想要再多吃點東西嗎？冰雪？你是因為這樣才發出嚎叫聲嗎？」她傾身向前，拿起盤子。「司機說一次只餵四顆肉丸，但我覺得三顆就夠了。來吧，我要帶你去散步，那會讓你舒暢一些。海德公園就在轉角而已，回來的路上，我們還可以喝杯熱可可。」

朗帕斯望著她，試著了解她的意思。

Chapter 05

瑪姬會納悶自己是不是將永遠如此孤獨。

瑪姬還穿著睡衣，就坐在他們家小前廳的爐火邊。爸媽昨晚爭吵的片段還在她腦海裡迴盪。她試著不要咬指甲。她並不想回紹瑟姆小學，就算他們願意接納她。可是顧蘭村聽起來實在是太恐怖了。

「艾芙琳！」史帝芬斯先生大喊。「快點離開廚房，我在等你！」

瑪姬聽得出爸爸很不高興。又煩又累。他站在壁爐邊調整著領帶，儘管他的領帶自始至終都非常端正。文斯．史帝芬斯每天都打領帶，就連週末也不例外。

史帝芬斯太太匆匆走進來，在她的格子棉布圍裙上抹了抹手。她坐在狹窄的沙發上，就在瑪姬身旁。「早安啊，寶貝。」她輕聲說。

「對。你媽媽和我討論了你的教育問題。」史帝芬斯先生說。

瑪姬握住媽媽的手，盯著自己的拖鞋。她屏住呼吸。

「如你所知，布夫校長已經通知我們，紹瑟姆小學已經不歡迎你就讀了。意思也就是說……」

「ㄅㄅㄅㄨㄨㄨ、你ㄅㄅㄅㄨㄨㄨ、能能能逼我！我不ㄑㄑㄑ——」瑪姬情緒爆發。噢，拜託，拜託這些話難道就不能自然而然地出現嗎？「我才不去ㄍㄍㄍㄌㄌㄌ——」她又試了一次。她的脖子和肩膀開始不受控制的前後抽動。

「顧蘭村？」她爸爸幫她講完這句話。「顧蘭村——你試著要講出來的就是這幾個字，沒錯吧？」

她的口吃終於停下來了。瑪姬盯著手上的繃帶，看著那只大大的銀色安全別針，這個別針把所有的一切固定在一起。她微微點頭。

「別擔心，寶貝，你並不需要去顧蘭村。」媽媽說，溫柔地輕輕捏了她一下。

「我們決定讓你跟外公生活幾個禮拜，你的外公佛瑞・德崔曼恩就住在康沃爾郡。」史帝芬斯先生接著說。

瑪姬震驚的抬起頭，看著他們。佛瑞德外公？她幾乎不記得外公的模樣了。媽媽跟外公講過電話，可是瑪姬至少有三四年沒見過外公了，自從外公跟爸爸大吵一架以後。她不確定為了什麼，或許跟戰爭有關吧。爸爸那枚閃閃發光的皇家空軍獎章，就放在他桌上的小玻璃盒裡，不過他從來沒談過關於戰爭的事，一次也沒有。

「你媽媽似乎認為鄉間的空氣對你會有幫助。」他說。「客氣地說，我覺得根本沒有什麼關係。」他開始在小房間裡來回踱步。「不過我願意在以下條件下試試看，如果直到你離開的那天，最後口吃的狀況都沒有改善的話，你就到顧蘭村去接受治療。」

「文斯——」史帝芬斯太太突然起身面對他。「我們昨天晚上的協議不是這樣。我們協議的是在她不在家的時候，我們會繼續研究其他可能的學校選項，而不是顧蘭村——」

「艾芙琳，拜託你別又開始了！關於顧蘭村的那些傳言真的只是謠言。把小孩綁起來……真是胡說八道。現在是一九六三年，不是一九二三年。」史帝芬斯先生抹掉下巴上一滴口水。

「ㄅㄅㄅㄚㄚㄚ、爸爸爸。拜託。媽媽。停下來。停。ㄊㄊㄊ。」瑪姬試著介入他們之間。她不斷試著講話，可是口腔裡的空氣就是不流動，舌頭也沒辦法動，那些話就是說不出來。她再試了一次。一次。又一次。

「夠了。」史帝芬斯先生疲憊地說。他堅定地把手放在瑪姬肩膀上，強迫她坐下。「我已經決定了。明天就有一班到帕丁頓的火車，你可以開始打包行李了。」他又整理了一次領帶，就走出房間。

瑪姬伸出雙臂抱住媽媽，把臉埋進媽媽溫暖的毛衣裡。

「沒關係的，你不會有事的，我的寶貝。」史帝芬斯太太說著，緊緊抱住她。

瑪姬不覺得沒事。她甚至不認識佛瑞德外公，而且也從來沒有離家這麼久過。一切都太突然了。她試著深呼吸，卻發現自己喘不過氣。

「嘿，嘿，看著我。」史帝芬斯太太抽回身子說。「你一定會很喜歡外公。他是醫生。而且他也認為到鄉間去旅行對你會很有幫助。」

「你是說可以治治治療療我嗎？」瑪姬說，一邊很仔細的研究媽媽臉上的表情。

「不是、不是、不是。瑪姬，聽我說。」她把瑪姬的臉捧在手裡。「我愛你。你聽懂我的意思嗎？我愛你的一切。我愛你美麗動人的棕色眼睛，你看待這個世界的方式。愛你寬大的心胸，愛你是怎樣照顧所有的生物，就連根本沒人喜歡的可怕小昆蟲也一樣。我愛你的雀斑、你門牙上的小缺口、你每個突出的骨頭關節、你的膝蓋和手肘，也愛你不管怎樣都會散開來的頭髮無論我們綁得多緊。還有，對。」她凝視著她說。「我也愛你的聲音。」她停頓一下，接著放下雙手。「不過，現在所有的一切對你來說真的很不容易，那就是讓我覺得困擾的事。這跟治療你無關，而是怎樣才能找到另一種方法，繼續向前。」

「可是爸—爸爸爸ㄕㄕㄕㄨㄛ說如果我的ㄇㄇㄇㄎㄡ吃吃沒辦法停停下來，就得去去ㄑㄑㄑ那個地地地地方。我不想去去ㄑ那裡，媽媽！拜託……別讓我去去那裡。」

「給我一點時間說服爸爸。我知道你很難相信，可是我真的認為，他是在用他的方式幫忙。」

瑪姬不確定媽媽的話是不是真的，可是她也沒辦法不相信。爸爸或許更希望她被鎖起來，他已經說得很清楚了，她讓他覺得丟臉。一個無法正常說話的小孩，一個出了毛病的小孩。

「瑪姬，看著我。」史帝芬斯太太催促她。她輕輕捏了一下瑪姬的手。「你是我的寶貝。你一定做得到。而且康沃爾郡非常美麗，有連綿的山丘、小小的石頭屋，還有隱藏的小溪流。我知道你已經不記得了，小時候我帶你去過，你很愛那裡。那邊也有海灘。大海耶，寶貝！等你聞到那裡的空氣就知道了。」

瑪姬盯著媽媽。她不記得了。她只知道那裡很遠，在英格蘭最遙遠的西端，媽媽是在那裡出生的。

「嗯，我們上樓去，一起打包行李吧。」

「那那那我我ㄨㄛ的動物們呢？」瑪姬握住媽媽的手說。

史帝芬斯太太猶豫了。「爸爸強烈主張你應該把牠們留在這裡。不過我會餵牠們，我向你保證。」

「不行啊！拜拜拜託託託託——」瑪姬的嘴巴僵住了，她的脖子突然往後搖晃。別再來一次了可以嗎。她從眼角餘光裡，看見媽媽耐心等待她的卡頓告一段落。媽媽是極少數不會把目光別開的人。「我不不不能沒有牠們呀。」好幾秒以後，瑪姬說。「我根本不認識佛瑞德外外外外公公呀，而且我從來沒離開過你身邊。」

「瑪姬，寶貝，要爸爸同意這件事已經非常困難了。只有幾個禮拜而已，而且你外公也很愛動物，或許做不到像你這樣的程度，但也跟你差不多了。我很確定，你很快也會交到一些新朋友的。」媽媽起身，輕輕撫平她的圍裙，可是她的目光裡帶著懇求。

瑪姬很想生氣。她無法想像她的動物們不在自己身邊。她瞪著媽媽看，甚至沒有試圖講出那些從她腦海中飛速而過的念頭。需要付出太大的努力了。像這樣的時刻，瑪姬會納悶自己是不是將永遠如此孤獨。

第二天早晨又下了一陣雪。瑪姬坐在她的櫥櫃裡，她全副武裝，燈芯絨褲、厚厚的藍色毛衣、外套、圍巾，還戴著紅色羊毛帽。她昨晚沒睡好。威靈頓窩進她圍巾的流蘇裡。她準備了一小塊起司讓他啃。

「威靈頓，你知道我不太擅長表達自己的感覺。」她輕撫著他的頭頂說。「不過說不定你已經知道了。這對我很難，像這樣拋下你們。」她停頓了一下。「拜託你們在我不在家的時候一定要好好的。你也知道媽媽不是特別喜歡老鼠，所以你不會得到抱抱，不過那也沒關係吧，只要別惹麻煩就好。」老鼠眨了眨眼睛，他小小的黑色眼睛明亮閃耀。他把耳朵往前豎，瑪姬也一如往常，覺得他正仔細聆聽著所有自己想說的話。

「我會回來看你的，你知道我會的。」她不情願的捧起小老鼠，把他放回沒有蓋子的鞋盒裡。「拜託，你一定要特別乖喔。」瑪姬輕聲說。她轉身緩緩靠近櫥櫃另一端的角落，灰頭斑鳩兩腳輪流跳來跳去，希望瑪姬趕快打開籠子，他把頭偏向一邊。

「媽媽說我不在家時你可以待在廚房，這樣她可以就近照顧你。」瑪姬說。「樓下陽光也比較充足喔。」她摸了摸斑鳩沒受傷的翅膀，用指尖輕輕滑過絲綢般的鐵灰色羽毛。笛子直直望著瑪姬，輕輕地快速搖晃頭部，小聲啼叫。瑪姬把他放在肩膀上，讓斑鳩在她肩頭坐了一會兒。「再一兩個星期你就會好了，也許媽媽到時候就可以放你走。不過你也可以不要那麼快痊癒，這樣就可以等我回來？」她用力克制自己的感受。「如果永遠不能再見到你，我會很傷心。」

笛子還在她肩膀上，瑪姬轉身去拿架子上的銀色小果醬罐。她把罐子舉高，鼻尖就快碰到玻璃罐了。「你們兩個要好好互相照顧唷。」她對兩隻蝸牛說。「保持溫暖。我保證，等我回來，春天就快到囉。」

其實，她真正想對動物們說的就只有一句話，再見。可是她說不出口，於是她就待在那兒，雙膝彎著，看著幾隻潮蟲緩緩沿著碗櫥爬行，笛子停在她肩上，威靈頓待在她膝蓋上。「我會想念你們的。」她喃喃自語，抬頭望著夏綠蒂。「每個都是。」

她一直跟他們待在一塊兒，直到她房門響起輕輕的敲門聲，是媽媽來告訴她……時間已經差不多了。

瑪姬下樓，才走到一半，她突然停下腳步。「來來來來來了！」她往樓下大喊。「等我一下下下……ㄒㄧㄚ下就好……」接著，她轉身奔回房間。「我只是忘了一個東西而已。」

Chapter 06

是腳步聲，人類的腳步聲。

朗帕斯醒來時，公寓裡一片寂靜無聲。月光從廚房的窗畔灑落，將光與影交融成參差不齊的古怪形狀。他在屋裡來回踱步，女人忘了餵他，他飢腸轆轆。他試著用爪子抓了抓門，認為門不可能打開。

可是門開了。

一下就開了。她沒有把它門上。

朗帕斯悄悄踩在豪華地毯上，搖晃著尾巴。儘管身旁近乎漆黑，他還是可以輕輕鬆鬆就看見周圍的一切，他從這個房間溜到下一個房間，試圖尋找食物。廚房聞起來有柑橘味，還飄散著某種清潔劑的味道。除了垃圾桶。垃圾桶的味道有趣多了。圓圓的垃圾桶很高，蓋子是銀色。朗帕斯察覺垃圾桶邊緣有牛肉的蹤跡。他豎起耳朵，試圖用腳掌擊打垃圾桶邊緣，想打掉蓋子，卻讓垃圾桶搖來搖去。他又換另一隻腳掌嘗試看看，接著索性一屁股坐在地上，輪流用兩隻腳掌拍擊，簡直就像戴上毛茸茸、有襯墊手套的拳擊手似的。垃圾桶晃來晃去，最後倒了，裡頭的東西散落出來，滿地都是。

朗帕斯嚇得往回一跳。他等待著，確認垃圾桶裡沒有任何東西會跳出來攻擊他。接著他慢慢往前進，張了張鼻孔，小心翼翼地扒抓桶裡的剩菜剩飯、包裝紙，還有各式各樣的食物容器，裡面有各種殘渣，包括鮭魚慕斯還有吃了一半的蘇格蘭煎蛋。他試探性地嗅了嗅這些東西的氣味，探索著這些怪異的氣息與味道，直到聞到一塊抹了馬麥醬的硬吐司為止。他停下動作，整張臉都皺了起來，很誇張的厭惡表情。嘴唇捲曲，眉頭深鎖，甚至縮起鼻子。為了去除鼻子與咽喉裡那種噁心的怪臭味，朗帕斯開始激烈地打起噴嚏。

他決定離開，跳上一座檯面，可是檯面比他想像中還要窄，他差點就摔下來，不得不拚命用尾巴來保持身體平衡。他發現一瓶開過的酒，還有一個放滿木頭湯匙的罐子。他不小心把罐子打落到地板上，湯匙發出巨大的聲響，四處散落，彷彿是一群試圖逃跑的神祕長腿生物。朗帕斯忍不住猛然撲向所有湯匙。他抓住翻落在半空的湯匙了！湯匙不斷地散落在地板上。朗帕斯很開心，把這些湯匙拋過來、拋過去，一連玩了好幾分鐘。

等他玩膩了，便走近一座大型的獨立棚板架。那裡的味道同樣很吸引朗帕斯。他抬頭張望，架子又高又窄，堆滿了盒子、瓶罐、乾貨，還有烘焙材料。從地面往上看，無法確定上面有沒有橫檔可以讓他保持平衡，但他忍不住想試試看。朗帕斯縱身一躍，修長的身體以流暢的動作向上跳躍。

可是橫檔的空間不夠。

他撞上架子，身體往後彈，就像一支高速迴力鏢。

整座架子倒塌也不過是幾秒間的事。所有東西搖搖晃晃，伴隨一聲轟然巨響後全部坍落一地。朗帕斯及時逃脫。玻璃震碎，木頭也裂成碎片。他退到角落蹲伏著，直到所有哐噹啪嚓的聲音都平息，只剩下靜靜飄浮亮晶晶的糖粉。

這又是什麼味道呀！

朗帕斯甩甩毛皮，無聲地走過去。架子都摔碎在地板上，周圍一片凌亂。一只大大的金綠色錫罐搖搖欲墜的倒在一旁，不久就開始緩緩滾向他，落下一股濃稠的金色糖漿。朗帕斯不太確定這個錫罐是不是什麼活著的生物，他輕輕碰了碰錫罐，一小團黏答答的金子就黏在他腳掌上。他懷疑地聞了聞，再用舌尖舔一舔。甜甜的滋味在嘴裡嘶嘶作響，不過他不覺得討厭。他又再舔了一下，才試著清理自己的腳掌。不過糖漿很黏，沾附在他鬍鬚和下巴上，而且不知道怎麼回事，就連尾巴尖端都糊上一點糖漿。

朗帕斯覺得愈來愈不舒服，便離開廚房，走進客廳。他在地毯上留下一大片黏黏、沾著粉末的腳印。他看見厚厚的絲質窗簾，看起來有點像光滑的樹幹，很適合爬上去。他跳上最近的窗簾，伸出爪子，可是滑溜溜的布卻裂開了，讓他又滑下去。他嘗試了好幾次，直到那塊布完全被扯破。接下來朗帕斯又試著攀爬其他東西，比如電視櫃和一座大型銅燈。那盞燈沒有看上去那麼扎實，朗帕斯被突然傾倒和摔落的聲音嚇了一大跳。他立刻跳到一旁，落在咖啡桌上，並不知道這時他粘了糖漿的腳掌黏在一疊雜誌上，他只好用力甩掉那些雜誌，在過程中還扯下很多頁。

朗帕斯竭力想把自己清理乾淨卻徒勞無功，他突然聞到某種病態的甜膩氣味。是花香卻又不像花的味道？是那個女人嗎？他停下動作，一動也不敢動，搧動鬍鬚，豎起耳朵。是腳步聲，人類的腳步聲。鑰匙的叮噹聲，鎖被轉開，接著，門把轉動。

她回來了。

Chapter 07

月台上的人一個接一個離開，最後只剩下自己。

瑪姬聽見門碰的一聲關上，又一聲汽笛鳴響，接著是火車引擎緩慢地發出了轟鳴聲。她一直不斷揮手，直到再也看不見媽媽的身影，帕丁頓車站也從眼前消失。一會兒之後，她把沒受傷的手伸進口袋裡，拿出上面有銀色蓋子的小小玻璃罐。

「希望媽媽不會太介意才好。」瑪姬輕聲對兩隻蝸牛說。「可是那時候我不確定自己能不能獨自處理好這件事。你們絕對不會惹麻煩的，我知道你們不會。」她仔細盯著他們看。「戰鬥機，你最懂得危機處理了……颶風嘛，嗯，你到哪裡都是好夥伴，真的。」兩隻蝸牛依舊一副心滿意足的神情。

瑪姬把罐子放回口袋。光是知道他們在那裡，就已經有助於平復胃裡翻騰的不安，儘管坐在對面的女士對她做了一個怪表情。瑪姬不理她，並且偷偷希望對方別試圖搭話。想到要離開家這麼久，就夠她害怕了。至少離開幾星期這件事，對她來說感覺真的很漫長，尤其她那麼習慣待在自己房間裡，或是在後花園逗留。即便如此，當火車駛離倫敦，開進覆蓋著白雪的鄉間時，瑪姬還是忍不住感受到一絲興奮。她從來不曾獨自去往比牧羊人的灌木叢更遠的地方，而康沃爾郡可遠上很多很多。

當火車駛進特魯羅車站，天色已經暗了。瑪姬步下火車，費力地提起行李箱。她把行李箱拖到一張空長椅上，隨即試著分辨周圍哪個人有可能是佛瑞德外公。沒有一個人看起來像，而且也沒有任何人靠近她。月台上的人一個接一個離開，最後只剩下自己。她把紅色羊毛帽上的小絨球拉起來，確保自己夠顯眼，可是附近沒有人了。就連售票亭也空蕩蕩的。

瑪姬感到不安。她沒想到應該跟媽媽要佛瑞德外公家的地址，她們兩個都以為瑪姬不需要。為了讓自己心安，她拿掉一隻手套，再度把手滑進口袋裡。玻璃罐觸感光滑而冰涼。「別擔心，我相信他很快就會來的。」她喃喃自語。

時間一分一秒地流逝。夜幕降臨時。另一輛火車到站，又開走了。瑪姬的手指因為凍僵幾乎要麻掉了。她渾身發抖。正在考慮下一步該怎麼辦時，聽見了自己的名字。

「瑪格麗特．史帝芬斯！一定是你，戴著鮮豔紅色帽子的女生！對不起！對不起！」

她轉過身去，看見一位淡藍色眼睛、白頭髮略為稀疏的高個子男人快步走向自己。他穿著有點破舊、脫毛的外套，裹著厚厚的羊毛圍巾，還穿著髒兮兮的橡膠長筒靴。他露出溫和的微笑，微笑時看得見臉上細微的皺紋，瑪姬感覺他既歡迎自己，又有點緊張。他的額頭還有眉毛的形狀都讓瑪姬想起媽媽。她忍不住回以微笑，而且總算鬆了一口氣。

「我的車爆胎了！真的很對不起！什麼時候不選，偏偏這天壓到一根該死的釘子。我來幫你拿行李箱吧。你一定凍壞了。還好嗎？瑪格麗特，旅途怎麼樣呢？還是你比較喜歡我叫你瑪姬？」

「很很很很很很……」卡住了。瑪姬假裝咳嗽。很好只是個單純的語詞啊。旅途很好。為什麼她就是說不出口？為什麼她的口吃不停下來，停一秒鐘就好，只要這次就好？

她又試了一次。「很很很很很……」她試著把「很」換成「我」。「我很好，謝謝。」她說。「還有我還是比較喜喜喜喜歡瑪瑪瑪瑪—瑪。」又卡住了。「瑪——」

為什麼瑪姬永遠都是全世界最困難的詞語之一呢？是一個名字沒錯，她的名字。只不過是一個名字呀。她的頭又不由自主地往後抽動。「瑪——」沒有用。瑪姬等待這陣卡頓過去。這幾秒鐘慢慢爬呀爬，連成了永遠。瑪姬，她很想大聲說出口。她比較喜歡瑪姬。有人叫她瑪格麗特的時候，總是會讓她覺得自己好像做錯了什麼事。爸爸生氣時就是這樣叫她。不過，最後她說：「你怎麼叫我都可以。」

佛瑞德外公點點頭，直直盯著瑪姬的眼睛。「你說得對。嗯，你媽媽還是叫你瑪姬，所以我們就用瑪姬吧，你可以叫我佛瑞德，其他人都這樣叫。我的車就停在那邊。小心走路喔。」

她跟著佛瑞德外公，小心穿越冰雪覆蓋的路面，對他至少沒有拋下自己，心存感激。

瑪姬坐在一輛非常老舊的荒原路華（Range Rover）休旅車前座。車子聞起來有潮濕發霉的地毯味、濕漉漉的泥土味，還有……蘑菇味。事實上，瑪姬看見手剎車的縫隙間，長了一些小小的白色毒野菇。通風口裡頭還出現了一叢叢綠色青苔，通風口似乎也沒送出任何暖氣。她唯一能感覺到的空氣，是從嘎嘎作響的窗戶縫隙灌進來的刺骨寒風。

車子在狹窄的積雪路面上顛簸前進。幾分鐘後，瑪姬就意識到佛瑞德是個糟糕的駕駛。他一邊講話，一邊還看著她，這樣一點幫助也沒有。好幾次急轉彎，還一度差點撞上一座郵筒，瑪姬緊緊抓住座椅邊緣。

「所以，瑪姬啊，告訴我。」佛瑞德在轟隆隆的引擎聲中大吼。「你對什麼事情有興趣呢？你媽媽說你很喜歡動物？」瑪姬點點頭。「那太棒了，我也是。」佛瑞德繼續閒聊。「你喜歡哪些動物呢？因為我住在一間老農舍，你也知道的，雖然後來已經變得比較像小屋了。有一座蘋果園，還有知更鳥一家在我家的食物儲藏室築巢。不過你先別進去，今天早上我在屋外掛了一隻死雉雞，是在路邊發現的。話說回來，艾芙琳……你母親……她有沒有跟你講過康沃爾郡的事？」他停頓了一會兒，時間長得足以感覺到彼此間的沉默。接著他又再度開口，彷彿不確定這種沉默到底是好是壞。「有時候我會納悶：與其當鎮上的醫生，我是不是該當獸醫更好。」他繼續說。「因為動物更容易理解，你懂我的意思吧？」接著他又停頓下來，感到有些尷尬。「當然，我不是指了解你很難。」

瑪姬望向車窗外，假裝沒注意到他的尷尬。希望他不會介意自己都沒講話。

「我收集橡實。」佛瑞德突然轉變話題，還在一個視線死角急轉彎。「還有石頭。只要去海灘，我就一定會收集貝殼還有漂流木。你看過寶貝貝殼嗎？很難找喔。迷你的漂亮小東西，淡粉紅色和白色的，沒有你的指甲大。」

瑪姬專心聽著。她更用力地抓緊座椅側面，拚命希望對向不會有任何東西出現。幸運的是這裡的路不像倫敦，幾乎沒有車輛經過。佛瑞德真的是位技術很差的駕駛。

等他們駛入羅斯木連這個小村莊時，天色已經暗了。所有的一切都被白雪覆蓋。瑪姬用力睜大眼睛，不想錯過任何東西。他們經過一座有尖塔的古老石頭教堂、鎮上的郵局、一座電話亭，還有一間門上有一隻紅獅子的小酒館。這裡的一切都完好無損，不像梅斯利街南端附近，有不少大洞或瓦礫堆，那裡曾遭受納粹炸彈攻擊，摧毀了一切，讓街道彷彿缺牙似的到處坑坑洞洞。這裡的屋子沒有露臺，也不是磚塊砌成的，每一間都各自獨立，有小巧的門和屋前小花園，只是所有的一切都覆蓋著柔軟的新鮮白雪。村莊盡頭的屋舍就比較稀疏了。他們經過的最後一棟建築，有兩扇巨大的生鏽鐵門，門上還有破損的金色尖端鐵釘。

「那是老莊園。」佛瑞德說。「現在仍然屬於佛伊勳爵。最好離遠一點。」他解釋時還補上一記怪表情。他講佛伊動爵這個名字的方式嚇了瑪姬一跳。開車經過時，她瞥了一眼莊園搖搖欲墜的牆。圍牆一直向前延伸一望無盡，黑暗而頑強，像是一座古老堡壘的城牆。在他們的車程中，這是佛瑞德第一次短暫的沉默。

「瑪姬，我們快到囉。看見那邊的木門了嗎？那就是我們家……櫻桃樹小屋。」

長長的車道兩旁羅列著樹木，路面顛簸，到處散落被積雪覆蓋的礫石，還佈滿了很深的坑洞。他們把車停在盡頭的空地，關掉車前大燈，瑪姬短暫地瞥了一眼那間小巧的石頭屋，有粉刷過的白牆，還有茅草屋頂。屋裡點著幾支蠟燭，在黑暗中投映出溫暖的黃色光影。

佛瑞德步下休旅車。瑪姬猶豫了一下。所有的一切似乎都不一樣，如此……不同。她再度把手探進口袋裡尋求安慰。「謝謝你們陪我一起來。」她小聲對颶風和戰鬥機說。「你們倆其實也沒有選擇的餘地啦，不過我還是很高興你們在這裡。」

「你剛才說什麼？」佛瑞德重重關上車門喊道。

「沒沒沒沒事。」瑪姬從車裡爬出來說。「謝謝。我只是說謝謝。」

佛瑞德回了她一個愉快的微笑。「那往這邊走吧。後門就在側邊，經過食物儲藏室就到了。」

空氣中彌漫著一股潔淨、清爽的鹽味。瑪姬立刻就感受到了，心中好奇不曉得他們距離大海有多近。

或許這裡的空氣確實有些特別。瑪姬做了一個深呼吸，望著夜空。她從來不曾看過這麼多星星。成千上百的燦亮星星在周圍的樹梢間閃爍著。就像星星的冠冕。每一顆都明亮得不可思議，也熾烈得不可思議。

Chapter 08

引擎聲讓朗帕斯感到不安……

公寓的門開了。歌聲。鑰匙扔進托盤的哐啷聲。電燈開關的喀噠聲。倒抽一口氣的聲音。接著突然出現尖厲的尖叫聲。

朗帕斯急忙離開咖啡桌，躲在扶手椅後面。

「我的窗簾！噢，我的天呀……我的檯燈……桌子……噢……這不可能吧！」

他看著她慢慢走進廚房，用一隻手摀住嘴巴。「不會吧……」她說，聲音愈來愈小，最後聽不見了。

朗帕斯想知道她會不會餵他，因為他還沒吃到一頓像樣的晚餐。他悄悄走到房間中央。

艾拉貝拉瞪著他看。

「你是野獸。」她低聲說。「你毀了我的公寓、我的傢俱、我的地毯！我的……」她的目光掃視整個房間，看到新的破壞細節。「我的古董時尚雜誌！」

接著，她氣沖沖地走回走廊，拿起話筒。她的手指從撥號轉盤上滑過，轉盤轉呀轉的。

「史丹利！對、對，是艾拉貝拉。噢，史丹利！」女人發出啜泣聲。「我的公寓毀了啦！那隻貓，噢，牠不是貓，是野獸，是怪物！」她的聲音變得歇斯底里。「你得把牠趕走啦，史丹利！打電話給你的司機，立刻！叫他馬上過來！對啦，馬丁。現在啊……我知道現在晚上十一點了！我不管啦！」她掛掉電話。

朗帕斯嗅了嗅空氣，尾巴低垂著。她好像並不打算餵他。

女人急匆匆地走來走去。她抓起朗帕斯的牽繩、他喝水用的碗，把它們都丟進他的獸欄裡。她小心踏過廚房一團亂的地板，走到冰箱旁。朗帕斯跟在她身後，希望她終於想起這件事。他注視她拿著棕色包裹，把包裹拿到他的獸欄邊，直接丟進去。朗帕斯連忙衝上前去。

幾秒鐘後，他身後的門就碰一聲被甩上。

朗帕斯並不介意，因為包裹裡滾出許多肉丸。他扯開包裝紙，狼吞虎嚥地吃進肚子裡。

女人在廚房裡大步走來走去，一邊哭泣，她的腳步在地板上發出喀噠喀噠的聲響。

朗帕斯掃光了肉丸，舔舔嘴唇，躺了下來。這時候他聽見一個新的聲音，低沉有力。有人進到公寓裡，正在跟女人說話。

「潘尼沃斯女士！恕我直說，我沒辦法就這麼把牠仍掉啊！我要把牠丟到哪裡？牠是豹子！您到底要我怎麼做？把牠放進紙箱，留在街上嗎？牠又不是迷路的小貓！」

「馬丁，你不必凶巴巴的吧！看看我的公寓變成什麼樣子？看看牠造成的損害……」她的聲音有點歇斯底里。她抽出一條手帕，擦了擦眼淚。「馬丁，其實今天是我生日。看看我，我已經三十歲了。難道我應該這樣慶祝生日嗎？」

「噢，潘尼沃斯女士，您沒必要哭呀。」男人停頓了一會兒。「讓我思考一下。或許我可以把牠載到城外，比如鄉間。我聽說過有些人會這樣處理這些大貓。當然啦，是在必要的時候。」

「是的，噢，馬丁，就把牠載走吧。蘇格蘭……康沃爾郡，我不管啦，反正鄉下也比較適合牠。」她吸吸鼻子。停頓了一下。「對，這種動物就該待在那種地方，森林裡什麼的，不是倫敦。真不懂我哥在想什麼。馬丁，你不能這樣做嗎？我當然會付你錢。雙倍。」

「好吧，我會試著找一座森林之類的地方。」

「對。」她又吸吸鼻子。「森林。」

沒過多久，朗帕斯就被咚咚地拖下樓。彈起，咚—落下，又彈起，又咚—落下。朗帕斯感覺自己一直在獸欄裡滑動，半提半扔，幾乎是被拖到樓房外，最後被推進小貨車後車廂。

引擎聲讓他感到不安，朗帕斯不知道發生了什麼事，只看得到路燈接連一閃而逝。朗帕斯躺了下來，最後終於睡著了。高速公路上永無止盡的突起和縫隙造成的顛簸，使他昏昏欲睡。他偶爾會醒來，渾然不知自己身在何方。在他醒來那短短的清醒瞬間，他會尋找蘿西，出聲呼喚她。不過蘿西一次也沒有回應。

夜色愈來愈深，朗帕斯感覺小貨車突然急轉彎。他們不再行駛在筆直平坦的道路上，而是蜿蜒曲折的小路。他逐漸失去方向感，無從得知他要去哪裡，也不懂為什麼。幾小時後，車子緩緩停了下來。引擎還在運轉，他聽見男人下車，叩叩叩的腳步聲。接著一聲扭轉和碰撞。小貨車的門開了，一陣光線使他忽然看不清楚面前的一切。

朗帕斯縮起身體。

男人向前傾身，打開獸欄的鎖。

「貓咪，這裡喔。」他輕柔的說。「貓咪，貓咪。」

朗帕斯抬頭看了看，並沒有上前。他試著想理解這個新地方，可是所有的一切……真的是所有的一切，都很奇怪陌生。這裡的氣味、空氣、男人聲音裡的不安……還有寂靜。

「來吧！噢，拜託一下。」男人突然往前。他抓起朗帕斯的項圈，把他往前拖。朗帕斯扭了扭頭。「穩住。」朗帕斯不喜歡脖子被拉扯的感覺。他用力甩著頭，男人沒有鬆手。「嘿！小心一點！別這樣！」一陣巨大的撕裂聲。朗帕斯從小貨車跳出去，不斷甩著頭，項圈終於掉了！

「總算！去吧。快走啊！走啊！」男人撿起壞掉的項圈，把它拋進樹林裡。朗帕斯望著男人甩上小貨車的車門，快步走回駕駛座。他發動引擎，隨即消失，把朗帕斯留在路邊。獨自留下來。

朗帕斯搧動著鼻孔、豎起耳朵，所有感官都保持警覺。他凝視著黑暗。小路兩側的水溝都覆滿了雪。路的一側接鄰著一座高聳黝暗的森林邊緣。朗帕斯嗅了嗅空氣。好多好多不熟悉的氣味，還有他無法辨識的各種聲音。這個地方安全嗎？他不知道。

他決定待在道路邊，遠離森林。遠方有一簇光線閃爍著，讓他想起百貨公司。他要到那裡去，也許可以找個地方遮蔽、休息，也許他會找到蘿西。他出聲呼喚她，響亮的叫聲持續著。蘿西在哪裡？

夜色墨黑，月亮不見蹤影。朗帕斯啟程了，他的身體沒入小路邊緣的陰影間，宛如一股銀色的煙霧。

他繼續嚎叫。

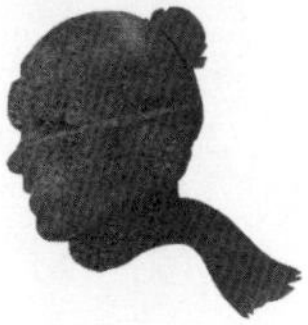

Chapter 09

威達克森林，英國西南部最後僅存的原始森林。

瑪姬半夜醒來。她聽見的聲音令人不安。瑪姬不曉得那是什麼聲音。哪……她又聽見了。是鳥嗎？不對，比較像嚎叫聲，幾乎是在哀號了。她坐起身，拉開了窗簾。

月光足以讓她看見此刻正在下雪，既輕柔、又厚重的雪。樓下佛瑞德寬敞的花園在眼前展開，向斜坡一路蜿蜒，延伸到蘋果園那些柔軟彎曲的枝枒。這時候，有個東西吸引了她的目光。有動靜。某種東西悄悄從光禿禿枝枒的陰影間溜過，動作輕盈到讓瑪姬懷疑那是不是自己的想像。是動物嗎？有可能……接著，牠又出現了，從樹叢間現形。牠像流水般悄無聲息地大步躍過草地。牠的背部是銀灰色，帶有斑點，還長著瑪姬這輩子見過最長最蓬鬆的尾巴。那是貓嗎？瑪姬用雙手揉了揉眼睛，可是等她再睜開雙眼，那隻生物已經消失了。

雪花繼續盤旋落下，瑪姬懷疑自己究竟是不是在做夢。

第二天一大早，陽光從窗簾篩落。瑪姬醒來，心情莫名有些振奮。她的小房間很明亮，牆上貼著藍色花壁紙，還有一扇白門。房間一角放了一張扶手椅，上頭滿滿堆著顏色鮮豔的抱枕，後面還有一座放滿書的書櫥。這裡很舒適——雖然不及她在家裡的房間，不過瑪姬很喜歡這裡。

她把被子往後一拋，直接走到窗邊，好奇自己是不是做了一場怪夢，夢到月光下的神祕生物，或是地上會有腳印，可以證明那不是一場夢。結果她一道腳印也沒看見。亮晶晶的新鮮白雪覆蓋了一切，從花園盡頭的石牆，到鄰近田野上的灌木樹籬，所有的一切都是雪白的。

「你們兩個昨天晚上有沒有看到任何奇怪的事？」她舉起窗台上的罐子說。玻璃罐又冰又涼。「我看見了……我不曉得那是什麼，有個東西在林間穿梭。」瑪姬補充。「可能是一隻動物，銀灰色，尾巴很長。看起來有點像貓……一隻大貓，可是……沒有大到像是……」她試圖回想自己究竟看到什麼……「我不知道，一隻豹子或是什麼的吧。」

她皺了皺鼻子，想了一會兒，牠看起來確實真的有點像豹子。一隻小小的銀色幽靈豹。不會吧！那怎麼可能。她放下罐子，打開行李箱。

她正在翻找自己最愛的羊毛衫時，一張黑白照片飄落到地板上。照片裡的人是瑪姬的爸媽，還有年紀還很小的瑪姬。她胖嘟嘟的小手被爸媽牽著，三人一起沿著某個鵝卵石海灘散步。他們都在笑。瑪姬把照片翻過來，是媽媽工整的流線型筆跡，寫著：一九五四年夏天，我的寶貝女兒。瑪姬不記得他們拍過這張照片，也不記得他們去了哪裡，或是什麼時候去的。

爸爸竟然會像那樣微笑，這似乎很奇怪。至少現在沒有，瑪姬從來不覺得爸爸會笑，他看起來總是非常嚴肅，嚴肅又疲憊，彷彿這個世界上已經不存在任何美好的事物，已經沒有任何事值得讚嘆。瑪姬摸摸照片上媽媽的臉，思念帶來一陣心痛。這張照片一定是媽媽偷偷藏進她包包裡的，知道這是一個會讓她開心的驚喜。瑪姬把照片放在床頭櫃上，也換好衣服。

佛瑞德的小屋天花板很低，地板喀嘰喀嘰作響。每扇窗戶的橫檔、壁架，還有開放的角落全都塞滿了佛瑞德這些或那些一系列的蒐集品：貝殼、鵝卵石、乾燥花、七葉樹果、山毛櫸堅果、橡實。她停在樓梯頂端，撿起一個掉落的鳥巢。手裡精巧的樹枝摸起來粗糙而堅韌，被編織成一個光滑緊緻的空心鳥巢。佛瑞德講到他的收集，可一點兒也沒騙人哩。原本棲身在戶外的各種東西都被佛瑞德收集過來，都進到小屋裡了，小屋的牆壁彷彿會呼吸，把內外兩個空間融為一體。瑪姬小心翼翼地把鳥巢放回去，低頭鑽過幾根外露的梁柱，再下樓走到廚房。她聞到烤麵包的味道。

「瑪姬早安。」佛瑞德說。「你到的時間超完美。」他站在奶油色的雅家爐前方，還附有銀色蓋子的煤氣爐。「睡得還好嗎？」

「非—非—非—」瑪姬停下來點點頭，感覺自己的臉頰燒燙燙。她試著換個詞說說看。「很好。」她流暢的說。「我睡—睡睡—睡得很好，謝謝你。」

佛瑞德望著她的眼睛。他露出溫和的微笑。瑪姬研究了一下他臉上的表情。他似乎不像之前那麼緊張了，嘴邊的皺紋看起來也很真誠。

「坐下來吧，你該吃點早餐了。」他用鍋鏟輕輕敲了敲鑄鐵鍋側邊，鍋子裡裝滿炒蛋。「這些可是新鮮的康沃爾郡雞蛋喔，你這輩子吃過最棒的蛋。」

瑪姬又點點頭。她擠到窗邊一張長椅上，推開一堆報紙和書，加上一副望遠鏡。

「你喜歡吃蛋，沒錯吧？」佛瑞德補充。「你媽媽向來很愛，不過當然啦，那不代表你跟她一樣。」

「ㄉ……對，我喜歡。」

瑪姬想知道佛瑞德記不記得打電話給媽媽，可是又不想經歷開口提問的尷尬，於是她什麼話也沒說。佛瑞德將盤子放在她面前，瑪姬就開動了。鮮黃色的炒蛋融進很多奶油。佛瑞德在她身邊忙來忙去，又拿來一杯蘋果汁和更多烤土司。

瑪姬安靜的用餐，佛瑞德這麼認真幫她準備餐點讓她心存感激，也很感謝佛瑞德沒有強迫她講話。安安靜靜似乎同樣讓他更加自在，這樣真好。

瑪姬瞥向窗外。高高的細柱上立著餵鳥器，從雪地探出頭來。餵鳥器小小的屋頂斜斜的，開口也切割得不整齊，瑪姬看得出這是手工製作的。麻雀、蒼頭燕雀，還有烏鶇狂風般一湧而上，競相搶食種子。

「牠們不習慣這種寒冷的天氣。」佛瑞德順著瑪姬的視線說。「我們都不習慣吧。我這輩子從來沒見過下這麼多雪的景象，至少在康沃爾郡沒見過。」他在瑪姬旁邊坐了下來，啜飲一杯熱茶。「你的手還好嗎？要不要我幫你看一下？」

瑪姬搖搖頭。「沒關關關—係係，謝謝，之後吧。」她突然覺得尷尬，不曉得如果試著跟佛瑞德解釋到底發生了什麼事，他會怎麼看自己。

佛瑞德直視著她。他的眼睛很明亮，眼底滿是好奇，似乎真心關心瑪姬的感受，還有她到底在想什麼。

「謝謝謝—謝謝你。」瑪姬心想：他可能真的是位好醫生。不管怎麼說都比諾拉護士好太多了。她再次望向窗外。白雪才落下不久，看起來令人心情愉悅。

「我我我—我可可—可以到外面去—去嗎？早餐後？」瑪姬說。

「當然可以！」佛瑞德放下茶杯。「你現在在鄉下，你永遠不必問我可不可以到外面去。你媽媽也是在戶外長大的呀，她常常光著腳、翻筋斗啊，到處跑來跑去什麼的，完完全全屬於大自然。就跟你一樣，我知道。」他說，看見瑪姬桌子底下的光腳丫，露出了微笑。「不過你今天倒是需要穿鞋，現在氣溫還在零度以下，而且短時間內也不會變暖和。我答應你媽媽還是要跟上學校課業的進度，不過你可以一兩天後再開始。先熟悉這裡，出門去，到處探險，如果你想要的話，也可以到威達克森林去看看。」

瑪姬揚起眉毛。

「**威達克森林，**」佛瑞德指著窗外說，「就是那片森林。**那是英國西南部最後僅存的原始森林。**」

瑪姬跟隨他手指所指的方向，視線越過餵鳥器、越過草地的斜坡，望向遠方相鄰的山頂。彎彎曲曲、高聳樹木的暗影襯著蒼白的天空，宛如一群溫柔的巨人，身上還灑著亮晶晶的白雪。

「儘管那裡恐怕也沒辦法繼續存在太久了。」佛瑞德臉上的表情變了，他憋著氣喃喃說了什麼。接著，又說：「但那是一個有魔法的地方，確實如此。是真正的魔法，如果你懂我在說什麼的話。」

瑪姬開始思考佛瑞德所說的真正的魔法是什麼意思，她想起她瞧見的那隻在夜色裡大步跳過林野、幽靈般的生物。佛瑞德起身，走到水槽邊，倒掉杯子裡最後一點點茶。瑪姬依舊盯著窗外看。她從來不曾走進森林，真正的森林。她跟媽媽去過海德公園，不過那不一樣。公園裡有你必須遵守的規矩。

佛瑞德的收音機聲隱隱約約播放著，瑪姬聽見電台播報員絮絮叨叨的報導著大寒潮，講到人們沿著泰晤士河溜冰，實在是太不可思議了。她繼續望著窗外，望著樹木，看它們如何朝天空伸展，高聳壯觀。她覺得有一線希望，不過又不太敢相信這種可能性。有時候不可思議的事確實會發生。說不定這裡的空氣會起到一些作用，改善她的口吃。這樣她就可以把顧蘭村的事情全部拋在腦後了。她一躍而起，把盤子清理乾淨，去找厚襪子和靴子什麼的。她迫不及待想到戶外去了。

Chapter 10

空心樹幹……相當隱蔽。這裡很安全。

明明滅滅的燈火不論看起來或是聞起來都不像寵物王國。朗帕斯找不到地方遮蔽或是睡覺，也沒有發現蘿西也在此處的蛛絲馬跡。他挨近陰影，大步躍過這一小塊區域的街道與屋舍。村莊盡頭佇立著一幢別墅，比其他所有的別墅都更寬敞又富麗堂皇。朗帕斯鑽過大門尖尖的鐵柵欄，穿過一片開闊的草坪。他沒注意到有個男人坐在其中一間昏暗的臥室裡，窗內透出深色的剪影。男人正在抽菸斗，他的臉被燈光遮住，煙霧環繞著他的頭頂，看來宛如一頂自製的王冠。

朗帕斯繼續往前走。他疲憊又困惑。別墅對他毫無意義，他就像來時那樣輕鬆的離去。此刻村莊已經在他身後，朗帕斯轉進一條狹窄的鄉村小徑，漫步經過一座大門傾斜和粉刷過的小屋。他停下腳步，在蘋果園旁邊嗅了嗅空氣中的味道。夜晚很寧靜。又開始下雪了。他對這片土地一無所知，對自己究竟該何去何從也一無所知。他想找到蘿西，卻不明白究竟發生了什麼事。他又對蘿西發出最後一次呼喊。

可是她依舊沒有出現。

雪繼續下。朗帕斯離開蘋果園，走向小山谷遠處那一排樹木。他已經在村莊裡兜了一圈，現在實在不曉得自己還能去哪裡了。

朗帕斯從不曾走進森林。出於本能，他所有的感官頓時變得敏銳。他張大鼻孔、豎起雙耳。土壤的氣味，扎扎實實凍結的土，被雪覆蓋的樹皮潮濕的氣味、某個不熟悉的新鮮氣味標誌著勢力範圍，還有頭頂幾乎難以辨識的翅膀拍擊聲。一連串新的聲音令他困惑。他置身此地引來各式各樣的叫聲，有些是警覺的聲音，有些是好奇的聲音。這些聲音對他來說全部都很新奇，朗帕斯不確定自己在這裡到底受不受歡迎。

現在雪下得更大了，一陣一陣席捲而下。朗帕斯輕輕移動，他踩在狹窄的小徑上，一步步走進森林更深處，直到前方出現一小塊圓形空地。朗帕斯停了下來。空地中央矗立著一棵巨木，樹上覆滿白雪。樹幹很粗，中間裂成兩半，應該是被閃電劈開的。但不知為何，樹木活了下來，持續生長，枝幹向下垂墜，有如沉睡巨人的手臂。

朗帕斯小心翼翼地接近樹木，嗅聞氣味、傾聽各種聲音，還輪流甩動雙耳。接著，他爬上其中一根低垂的樹枝，爪子刺進斑駁的樹皮裡。等他爬得夠高，往下看，看見黑掉的樹幹中間的開口。他的尾巴左右擺盪。樹幹開口裡面躺著一個散落的松鼠窩，除此之外，沒有其他東西，相當隱蔽。朗帕斯壓低身子，蜷縮成一團，用尾巴圈住身體，就像裹著一條毯子。這裡很安全。

等朗帕斯醒來時，發現自己把頭枕在樹幹內側。一隻蜈蚣趦過他的鼻尖，她迷你的腳步對朗帕斯來說不過是無聲的振動而已。他坐起來，打了個呵欠。他的舌頭好乾，又飢腸轆轆。他瞥向空心樹幹外面，四處張望，緩慢移動自己的頭部。清晨的光線悄悄降臨在白雪皚皚的空地上，讓所有事物的邊緣都閃耀著光芒。冰冷的微風輕拂著朗帕斯後腦杓上面的毛髮。

他根本不知道在這裡要上哪兒去找，又要如何找得到肉丸。

有什麼東西吸引了他的目光，朗帕斯抬頭向上看。一隻松鼠佇立在一根細枝，雙手緊緊握著一顆橡實。他歪著頭很震驚的盯著朗帕斯看。朗帕斯又打了一個呵欠，松鼠嚇得拔腿狂奔。朗帕斯忍不住想要追逐松鼠，便從空地一躍而起。朗帕斯從一根枝頭蹦到另一根枝頭，松鼠敏捷又迅速。朗帕斯決定撤退，纖細的樹枝也因為他的重量而下沉。

太陽升起，不久，整座空地就沐浴在陽光裡。雪與霜都閃閃發光，露珠滴滴答答。朗帕斯坐在古樹盤根錯節的樹根之間。這個地方，目前還沒有辦法讓他像其他生物那樣感到安心舒適。他靜止不動愈久，就有愈多鳥兒回頭繼續做他們原本正在做的事。他們的歌聲、婉轉的旋律，還有嘰嘰喳喳的閒聊，在天空中織成一張隱形的鳴唱網。周遭的樹木排排站，高高的枝枒宛如修長的指尖那樣交纏，樹根也緊緊纏繞，緩緩擴展為一個往外延伸的擁抱。這座森林與其他地方截然不同。

毫無預警，鳥兒們突然爆出一陣嘈雜焦慮的喧嘩。朗帕斯揚起鼻子。他察覺某種生物一絲微弱的氣味，立刻出於本能，將身體平躺在地上。也許不是只有他在追松鼠。

一抹深橘色一閃而逝，尖尖的耳朵，毛刷般的尾巴。狐狸在林間穿梭。在距離朗帕斯只有幾呎的地方出現時，她朝朗帕斯所在的位置瞥了一眼，隨即消失無蹤。朗帕斯站著不動。她的身形比朗帕斯嬌小。他不太確定自己是不是也該追趕她，或是她很友善，想要跟自己玩。他稍微追了她一會兒，不過很快就改變主意。他嘴巴很乾，需要補充水分。

朗帕斯離開空地，跑去尋找水源。他又寬又平的腳掌很適合在才下過雪的雪地上行走，他輕巧地在游移的光與影之間移動，很容易隱藏自己。

他幾乎沒看見那隻刺蝟，直到他踩到刺蝟才發現她。

刺蝟大吃一驚，立刻縮成一顆小小的刺刺球，她的刺向四面八方凸出去。朗帕斯不確定她之前是不是想玩。他也不確定自己是不是該嘗試把她吃掉。他用腳掌拍她，只是想看看會發生什麼事。她滾到一旁。朗帕斯很開心，又用另一隻腳掌拍她，刺蝟又翻滾了一次。朗帕斯興奮的往回跳。這和他以前跟蘿西玩的遊戲很像，不過他們玩的球柔軟多了。刺蝟發出尖叫。朗帕斯往前跳，把刺蝟翻來翻去，刺蝟把身體捲得更緊。可是刺蝟愈是滾來滾去，朗帕斯就更想逗她，直到他不由自主張開嘴巴，想把她叼住為止。她的刺刺傷他的舌頭，又刺入他的口腔。朗帕斯感覺反胃，他一邊打噴嚏，一邊把她吐出來。他的臉揪成一團，把嘴巴縮了回來。這隻刺蝟嚐起來或是摸起來都一點也不像肉丸。

舌頭上的刺痛讓朗帕斯很不高興，他把刺蝟留在小徑邊，繼續往前走。現在他更是需要喝點什麼了，他走到森林邊緣，來到一道窄窄的、結冰的小溪旁。冰面上有裂縫，朗帕斯喝個不停。溪水的味道冷洌又清新，而且也讓他的舌頭暫時麻木無感。

朗帕斯察覺輕微的腳步震動時還在喝水。他停了下來，水從他的臉頰滴落。是人類的腳步，很輕，不像是成年男性。他抬頭向上看，目光四處梭巡。他看見一個女孩，大約在上游一百碼左右的距離，正沿著河岸往上跑。

朗帕斯緩緩後退，就像在進行反跟蹤。他對人類再也沒有把握。也許她會有肉丸，但也說不定她會想把他關回獸欄裡，或是出現更糟的狀況。

他退回森林裡。

Chapter 11

是樹在對她傾訴嗎?不,樹不會言語。

通往威達克森林的入口其實只不過是一塊窄窄的木頭踏板而已。瑪姬輕輕鬆鬆就爬了上去。當她一置身於又高又粗的樹林間,就忍不住抬頭往上看。瑪姬感覺自己彷彿走進一間宏偉的戶外教堂。陽光從天空灑落,像一束束金光。霜與冰從樹梢滑落,落在她的肩膀上。瑪姬吸進清爽冰涼的空氣,還有潮濕土壤與初雪的氣味。

這裡的時間以不同的方式運行。

瑪姬順著前方路徑不明確的小徑往前走,她的靴子踩在堅硬的地面上,發出喀嘰喀嘰的聲響。她繼續走,感覺到自己的臉頰凍得發紅。她在一棵特別粗壯的山毛櫸旁停下來。樹幹粗到她沒辦法用手臂環抱,而且高到她看不見樹頂。瑪姬脫掉沒受傷那隻手上的手套,伸手去撫摸潮濕的棕灰色樹皮。她感覺自己手掌底下的樹皮表面古老又粗糙,就像是古老年代動物的獸皮,厚厚的獸皮。老樹的生命力……**悠**

緩、**穩定的存在感**……使瑪姬非常訝異。她把耳朵貼在樹邊，好奇自己會不會聽見什麼聲音。她沒聽見，她又在那裡待了幾分鐘，繼續揣想這個問題。

小徑向前延伸，愈來愈深入森林中心。瑪姬偶爾會停下來，用力踏了踏超大的冰水坑，把水坑表面的薄冰踩碎，就像踩碎叮噹作響的厚玻璃。小徑盡頭處是一塊小小的圓形空地。瑪姬停了下來。空地正中央是一棵巨大的古老橡樹，姿態十分狂野。樹幹從中被劈成兩半，又被閃電、風和雨猛烈攻擊過，也被陽光滋養曬裂過，直到現在被一叢叢結冰的青苔覆蓋著。好幾根樹枝往下垂，就像睡夢中的巨人攤開的手臂，巨人的指關節掠過積雪的地面。瑪姬從來沒爬過樹，她現在確實想試試看。爬呀。她不管現在有多冷，脫掉襪子和靴子，想要設法在像迷宮般盤根錯節，又厚實狂野的樹根與樹瘤間找到一個立足點。她光著腳踩著非常粗糙又很容易碎裂的樹皮，瑪姬繼續手腳並用往上爬，緊緊抓住一把又一把濕潤糾結的常春藤。不斷向上爬，直到高度足以讓她瞧見空心樹幹裡面的情景為止。

樹幹裡頭十分光滑，樹皮像是疤痕那般扯得很緊。樹幹裡面空空的也很乾燥，上面有開口，只留下某種動物殘存的舊窩巢。瑪姬的心跳變得有力也變快了。她又感覺到那種奇異的生命力，彷彿這棵老樹還好好活著，跟她一樣活著。

她抬頭望著樹梢，想著笛子，他一定會很愛這棵樹——這個地方。威靈頓也一樣，他可以縮在那麼多小小角落和縫隙。瑪姬真的非常非常想念他們。

瑪姬坐下來，把腳伸進空心樹幹裡邊呀邊。她的腳趾頭變紅了，因為很冷，幾乎麻掉了。樹的枝枒一路彎彎曲曲延展到瑪姬頭頂的天空，也包圍了瑪姬。她把身子往後躺，感覺自己彷彿被樹抱在懷裡。也許這真的有用，說不定她的口吃真的會消失，一勞永逸，不再發生。

瑪姬坐了起來，心裡突然充斥一陣不耐煩的感受。這真的不公平。為什麼她就得坐在這棵樹上，期盼某種奇蹟出現，其他人卻可以去上學，想說什麼，就說什麼，只要想講話就可以講話？為什麼她只要一張開嘴巴，就得跟恐懼搏鬥，害怕被送到一個會把小孩綁住、讓他們餓肚子、嚇唬他們的地方？這所有的情緒全都堵在她心口上，就像她的喉嚨承受了一拳又一拳，胸口被壓得很緊很緊。緊得快要窒息。瑪姬閉上了眼睛。

這時候，奇怪的事情發生了。

瑪姬不確定到底是樹枝在微微顫動，還是自己身體裡頭有什麼在顫抖。有那麼一瞬間，她感覺到有一陣能量在自己的身體裡流淌，而不是什麼振動。

對
自己
溫柔
一點，
做人
本來
就
不容易。

她沒有聽見這些聲音，或是看見這些文字，不過它們在她的意識某處迴響著，忽隱忽現，從強烈到漸漸模糊。

是樹在對她傾訴嗎？不，那是不可能的。樹不會言語。

然而這些字句卻像是自己刻印在瑪姬的內心，輕柔得有如蝴蝶的薄翼。

對自己溫柔一點，做人本來就不容易。

瑪姬用力攀緊自己坐的樹枝邊緣。她睜大雙眼，四處張望。還有誰在這裡嗎？

沒有啊……這片空地空曠又寂靜。她打了一個寒顫。她不曉得這個訊息從何而來，不過它確實安慰了瑪姬。她動了動自己的腳趾頭。它們凍僵了。是她太冷了，冷到產生了幻聽？

瑪姬開始往下爬。她想重新穿上靴子，也正想到午餐的事。突然，聽見尖銳的喀嚓一聲，什麼東西折斷了，窸窸窣窣的聲音。

瑪姬爬到一半就停了下來，半個身體在一根樹枝上晃呀晃。她後頸上的毛髮顫了顫。瑪姬鬆開手，碰一聲降落在地面上。有那麼短短一瞬間，瑪姬覺得自己好像看見什麼了，沿著空地邊緣的一波震動。

「什什什麼—誰誰誰—在那那裡？」她高喊。「有人人人在那那裡嗎？」

沒有回答。

「你你你—你好？」瑪姬再度開口問道。

寂靜無聲。

她迅速穿上襪子和靴子。她感覺得到，有什麼東西或者什麼人正在看著她。可是等她撥開樹叢時，發現那裡沒有任何人。

瑪姬回到屋裡，發現廚房桌上有一張紙條。*希望你喜歡三明治。我在小屋裡工*

作。等你回來過來找我，我有東西要給你。佛瑞德。

紙條旁邊的盤子上放了一個三明治。瑪姬剝開一片又厚又鬆軟的麵包，內餡是起司和布蘭斯頓醃黃瓜，她的最愛。

經歷了室外的嚴寒之後，廚房真是溫暖又宜人。架子上堆滿了藍白條紋的盤子，大部分都有缺角，還有一組雞蛋杯和沒能成套的馬克杯。到處都是破破爛爛的食譜，頁面有折角或者破損。雅家爐旁掛著印了母雞圖案的茶巾。瑪姬咬了一口三明治，心裡納悶，佛瑞德在這裡是否曾經感到寂寞。看起來不像。媽媽說過佛瑞德獨居了將近二十年，從奶奶過世後就這樣了，還說他現在已經習慣了。可是屋裡到處都是奶奶的照片，還有幾張媽媽小時候的照片，加上一兩張瑪姬還是寶寶時的照片。想到媽媽只跟佛瑞德講電話，這麼久都沒來看他，就讓瑪姬覺得很難過。她不知道他們之間究竟發生了什麼事，會讓佛瑞德和爸爸大吵一架。

瑪姬拿起三明治，狼吞虎嚥地吃著，香濃味美的酸黃瓜配上鹹鹹的切達起司。她不確定，如果開口問佛瑞德他跟爸爸為什麼這麼長時間不講話，會不會太沒禮貌。實在沒道理啊。**做人本來就不容易**這幾個字靜靜在她心上繚繞。或許也應該把這件事告訴佛瑞德，就是她覺得自己聽見老橡樹說話的事。不過最後她還是決定不說。佛瑞德可能會覺得她有點古怪，甚至有點瘋癲……如果他到目前為止還沒有這樣論斷的話。

嗚吱……嗚吱……咚咚咚……啌咚啌咚……從小屋裡傳來巨大又陌生的聲響。瑪姬試著推開其中一扇滑門，小屋裡黝暗又凌亂，架子上放滿各種工具、髒兮兮的油罐，還有一些拆了一半的東西，像是割草機引擎還有腳踏車的鎖鏈之類的。

「ㄏㄞ嗨。」

佛瑞德背對著門。火星飛舞。他正在用輪鋸鋸東西，沒聽見她的聲音。瑪姬輕輕碰了碰他的肩膀。

「ㄏㄞ嗨，ㄧㄝㄧㄝ……爺—爺—」瑪姬說。她決定就照他建議的叫他佛瑞德就好。

佛瑞德轉過身來。他戴著護目鏡，頭髮裡還留著一絲一絲的木屑。

「嗨，瑪姬！你早上過得如何？你有發現我留給你的三明治嗎？」

直接的問題通常都會讓瑪姬感到慌亂，她還沒試著回答，就知道自己說不出那些話語。她想試著咳嗽，可是她還來不及張開嘴巴，頭就開始搖晃了。「ㄏ—ㄏ—ㄏ。」卡住。「ㄉ—ㄉ—」停頓。瑪姬感覺自己的頭部抽動—抽動—又抽動，直到最後終於停了下來，她才有辦法深深吸一口氣。

「寶貝，我很確定你一定過得很棒。」佛瑞德溫柔的說。「過來這邊，我有個驚喜要給你喔。」

瑪姬跟著佛瑞德走到長椅另一端。她望著他的後腦和肩膀，望著他亂蓬蓬的白髮，心底湧起一陣感激。

「告訴你，我對這個老女孩感到相當自豪。」佛瑞德繼續說。他指著一台很大的銀色機器。上面裝置了腳踏車座椅、方向盤〈或許是從汽車上拆下來的〉，還有三雙「腳」。後面兩隻腳比較長，是扁平的銀色金屬，邊緣十分光滑。前座的腳比較短，看起來就像古老的木頭雪橇的尖端。

「ㄓㄜㄓㄓ這是—什麼？」

「哪，」佛瑞德說道，把身體往前靠，用雙臂把這台機器抬起來。「跟我來，我示範給你看。說不定你會想要自己試試看。」

他們走到山丘頂。現在瑪姬知道了，這是雪橇。佛瑞德示意，如果她想要的話可以爬上雪橇，瑪姬照做了。她用兩隻戴著手套的手盡可能緊緊抓住方向盤。通往底下花園的斜坡，從這裡看變得十分遼闊，既遼闊又陡峭。

「記得，可以煞車。」佛瑞德微笑的說。

瑪姬點點頭，卻不怎麼放心。

「那你準備好了嗎？」

「應該好好好—了。」

她在山頂上坐了一會兒，頸背竄過一陣期待。佛瑞德輕輕推了她一下。雪橇前半部微微向前移動，在雪地上壓下一道新的軌跡。佛瑞德又推了一下，雪橇發出喀吱喀吱的聲響。瑪姬往後靠，雪橇的鐵腳緩緩往前滑動，慢慢地，慢慢地，直到她突然超過了山丘邊緣。

雪橇出發了。

瑪姬倒抽了一口氣。

巨大的恐懼感在她的胃裡翻攪，瑪姬向下俯衝。她覺得雪橇的速度已經到達極限，風抽打著她的臉，讓她的帽子都飛走了。她放聲尖叫，不過尖叫聲隨即化為一陣又一陣大笑，瑪姬不曉得自己究竟是熱愛這種感覺，還是討厭這種感覺，直到最後她終於橫衝直撞地到達山下，最後一秒鐘還瘋狂急轉彎，以免自己跌進小溪裡。

佛瑞德跑下山丘找她。

「瑪姬，你這趟雪橇溜得太精采了！」

瑪姬氣喘吁吁，大口吸氣後才喘過氣來。她一邊大笑，一邊發抖。

「你還好嗎？」佛瑞德問。

瑪姬的臉上緩緩漾開大大的微笑。

「我，我。我很很很—很好。」

佛瑞德大笑。他牽著瑪姬的手，一起把雪橇拖回山頂。瑪姬又接著玩了一次又一次，還是不太確定自己到底是熱愛這個遊戲，還是討厭這個遊戲。

Chapter 12

天空一片漆黑，他再也無法對抗襲來的痛楚。

太陽高高掛在天空中，此刻已過中午很久了。朗帕斯餓得肚子咕嚕咕嚕叫。他已經習慣每天在同樣時間被餵食，早晚各一次。女孩並沒有帶肉丸來，朗帕斯什麼味道也沒聞到。他大步跳過森林，聞呀聞，聽呀聽又看呀看。有好多事物等著他去了解與探索……還有追逐，從尾巴毛茸茸的松鼠，到背部滑順如絲絨的田鼠。

他揚起下巴，試圖感知風從哪個方向吹來。他往東走，在林間跳來跳去，不時停下來，突襲某片沙沙作響的葉子。

大山毛櫸的樹樁旁有一堆小巧發亮、鵝卵石般的糞便，味道聞起來跟他自己的糞便不同。草味很重，酸溜溜。朗帕斯用腳掌拍擊這些小硬球，它們便滾向四面八方。接下來他深深吸了一口氣。他其實不曉得鹿是什麼，不過這沒關係，**重要的是進行偽裝**。他側身躺下來，在小硬球堆上面滾來滾去，用背部壓住那些小硬球，揮舞腳掌。接著，他扭動身體，把毛皮揉進糞堆裡。他站起來時，有些小硬球還黏在他背上。這樣好多了，現在已經沒有人能辨識他的氣味了，他就可以祕密潛行。

朗帕斯穿梭在林間，想尋找另一隻松鼠。他一直聞到他們的氣味。他的肚子又咕嚕咕嚕叫了，光是想到吃這件事，就已經讓他口水直流。

眼角餘光瞥見什麼，他便轉過身去。一隻胖嘟嘟的鳥，有長長的古銅色尾巴，正在林間疾衝。這隻雉雞奔跑時，暗絲絨綠的頭部輕輕地快速上下晃動，兩隻亮紅色的眼睛閃耀著光澤。朗帕斯追趕著牠，輕盈地躍過掉落的枝幹。雉雞出於警覺，發出刺耳的尖叫，還不斷鼓動翅膀。朗帕斯伸長前腳，死命想追上雉雞。他往上一跳，騰入空中，可是偏離雉雞太遠碰地一聲直直落地。雉雞迅速飛起來，朗帕斯再度彈跳起來。一陣陣驚慌的啼叫聲從其他雉雞間傳來，頓時充滿他們鼓動翅膀和警告的啼叫聲。這下子他什麼獵物也抓不到了。朗帕斯轉身，準備去尋找一個更為安靜的地方，或許可以在那裡用上其他捕獵技巧。

老樹樁被青苔和斑斑點點的殘雪覆蓋。附近還有幾株小巧的雪花蓮微微探出頭來。朗帕斯蹲伏在樹樁後，把自己攤平。這裡會是很好的躲藏地點。如果另一隻毛茸茸的小生物經過，他肯定有辦法在不被發現的狀況下撲擊。他躺著等待了一會兒，微風輕拂著他柔軟的灰色毛皮。

太陽一吋吋推移，時序進入下午。朗帕斯仍舊盡可能保持安靜不動。鳥兒們恢復活動，融化的雪沿著樹椿一側緩緩滴落，偶爾融雪也會咚一聲落在附近的枝頭上。朗帕斯用腳掌拍打雪堆。根本沒有松鼠來。地面開始震動時，他幾乎快要喪失耐心了。一開始只有些許震動，可是後來愈來愈強烈，也愈來愈靠近。實在太近了。他一躍而起，費力爬上最近的一棵樹。他爬到最底層的枝椏時，一輛敞篷的卡車正好轟隆轟隆往下開，廢氣的味道刺痛他的鼻孔。

前座坐著兩個男人。駕駛很矮，體格相當魁梧。他雙手緊緊握著方向盤。另一個男人又高又瘦、駝背，腿上擱著閃閃發亮的獵槍槍管。卡車後座裝著各種奇怪的設備——一卷卷的紙張、上面有銀色旋鈕的尖頭叉、金屬箱子、電纜線，還有電線，因車子震動而彈跳著。

朗帕斯等到他們過去後才爬下來。也許空著肚子返回空地或許更更安全。朗帕斯往回走時，停下來在一株白蠟木的樹樁磨爪子。他看見一隻大甲蟲緩緩沿著樹幹一側往上爬，就用腳掌把甲蟲定在樹上。甲蟲在他爪子底下不斷抽搐，在他嘴裡蠕動、酥酥脆脆，味道並不好，不過還是聊勝於無。

他離空地不遠時，突然聽到一連串奇怪的聲音，讓朗帕斯嚇了一跳。他豎起耳朵聽。是歡叫聲還有尖叫聲。非常響亮的人類笑聲。還有某種東西高速滑行發出的咻咻聲。很像那個女孩的聲音。吵雜的聲音令朗帕斯非常困惑。她遇到危險了嗎？

朗帕斯繼續往前走，小心穿越樹木與濃密的樹叢，他傾聽著周遭的聲音，很想弄清楚究竟發生了什麼事。

他沒有留意腳下。

他沒看見那塊金屬盤，因為上頭被很多雪蓋住。

啪噠。

彈簧鬆開時，發出啪噠一聲。朗帕斯大吃一驚。他直接跳到空中，但隨即被猛拽下來。他的身體向下墜落，倒向一側，捕獸器的鉗口緊緊攫住朗帕斯的腳掌。劇痛襲來，朗帕斯又是嘶吼，又是嚎叫，他弓起背用力拉扯，還是無法讓痛楚停下來。他的腿部和肩膀都疼痛不堪，朗帕斯用嘴巴咬住捕獸器，然而不管他怎麼嘗試，還是沒辦法把它從自己腳掌上移開。銳利的金屬鋸齒深深掐住他的腳掌，捕獸器綁在地上，朗帕斯完全無法理解到底發生了什麼事，又是為什麼。

最後，朗帕斯癱倒在冰冷的雪地上。他倒在那兒，無法動彈，天空一片漆黑，他再也無法對抗襲來的痛楚。

Chapter 13

對自己溫柔一點，做人本來就不容易。

瑪姬望著外公往火爐裡添加木柴，她的臉頰因為吹了寒風而凍得通紅。火焰忽明忽暗，向上盤旋，讓小巧的起居室滿室溫暖。瑪姬坐在其中一張沙發上，蓋著一件被蠹蟲蛀過的毯子，雙手握著溫暖的馬克杯。外面天快黑了，她剛吃完兩碗熱騰騰的燉菜和餃子。

「嗯，在我看來，你很快就能自己開車了。」佛瑞德說，他拍掉手上的灰，坐在火爐邊的椅子上休息。「你知道吧，其實開車跟駕駛雪橇沒什麼不同。朝你想要去的方向前進，剎車，控制一下方向，再往前移動一點，再多踩一點剎車。當然啦，開車時遇到的山丘比較少。」

瑪姬不確定佛瑞德是不是最適合給其他人開車建議的人，不過她還是笑了。她發現佛瑞德跟自己說話的時候，已經不問那麼多直接的問題了。他們之間偶爾還會出現一段舒適的靜默。瑪姬稍微往後靠了靠，啜飲了一口佛瑞德幫自己泡的熱巧克力。熱巧克力又苦又甜，讓她的胃感覺暖暖的。

「我對那架雪橇很自豪喔。」佛瑞德又開口說。「我打造過一些好東西，她可是當中最棒的作品。」他看著旁邊的瑪姬，眨了眨眼睛，打趣道：「**而且你全身上下完整無缺嘛。**」

「你還打──打打造過什麼？」瑪姬問。她喜歡佛瑞德的襯衫領子永遠都皺巴巴地從毛衣裡頭翻出來的樣子，而且他的頭髮也永遠都亂蓬蓬。

「噢，我總是在打造這個或是那個呀。」他又坐回自己的椅子，還翹起腳來。他穿著亮紅色的菱形花紋襪，腳趾頭那邊濕濕的。「不過它們也不是全部都……」，他清了清喉嚨說。「嗯……很成功啦。當然，這也關係到你是怎麼定義『成功』就是了，如果你懂我的意思的話。野莓摘採機很不錯。機械手套每根手指的末端都裝設了小鉗子。你知道吧，我喜歡果醬，還摘很多黑莓，不過真的很費時，而且還動不動就會被刺到。問題是……那些鉗子會一直……欸……卡到果醬。」

瑪姬對佛瑞德話裡的雙關語，翻了一個白眼，不過還是忍不住哈哈大笑。

「還ㄞ──還有其他東西嗎？」她說。

「欸……」佛瑞德又啜飲了一口茶。「讓我想想看……夜視鏡有點慘。噢，我叫那個東西什麼名字，啊對了，風箏照相機——那個差點就要成功了。可是手動遙控器我始終沒處理好，還有風箏到處亂飛弄得鄰居很生氣。不過我覺得真的很酷的發明是……最大又最棒的……嗯，也是我截至目前為止最有野心的一項計畫……」佛瑞德望著瑪姬說。「你要保證不會告訴任何人。」

瑪姬點點頭。佛瑞德往前靠了靠，聲音低到彷彿在耳語。「是一架飛行器。」

瑪姬的眉毛往上挑。「是一架飛—飛—飛車嗎？」

「嗯，如果你沒嘗試過發明自己的飛行器，就別說自己是發明家！」佛瑞德把身子往後靠，滿意的環抱手臂。「我還有很長的路要走，而且想在冬天有進展更困難。你知道嗎，六十三年來，我們從來不曾經歷過這麼酷寒的冬天。」

瑪姬有好多好多疑問。佛瑞德為什麼會想到這麼瘋狂的主意呢？什麼時候才可以試飛？他製作過機翼嗎？梅斯利街上大部分的家庭連汽車都沒有，至少她認識的家庭都是這樣，想到可以飛的機器，瑪姬就覺得既神奇又瘋狂啊。她正準備要開口問，卻突然感到一陣疲憊，她累的時候，要大聲開口問任何事會更加困難。瑪姬喝完她的飲料，拿起一張舊報紙和一枝筆。在佛瑞德填了一半的填字遊戲上面寫道：

「今天很謝謝你。我好喜歡今天。謝謝你對我這麼好。晚安。」她在「**我好喜歡今天**」底下劃線，把報紙遞給佛瑞德。

佛瑞德站起身，伸出雙臂，準備要抱瑪姬，不過他不確定自己能不能，或是該不該抱瑪姬，在最後一刻他改變主意，往後退了一步。瑪姬很有耐心的等待著。

「瑪姬，我已經獨自一個人過了好多好多年。」他說。火爐劈哩啪啦響，火光搖曳。「有你在這裡……跟你一起共度這些時光……」，他停了下來，「讓我感到非常欣慰。」

然後瑪姬還是擁抱了他，一個很堅定有力的擁抱，感覺到他瘦骨嶙峋的手臂的擁抱。他的毛衣聞起來有木材煙燻味道。他也緊緊回抱她。

「那就晚安囉。」他說。「早上見。」瑪姬又再用手臂環抱了他一會兒，不用任何文字，訴說她想要傾訴的話語。

瑪姬關上門，重重倒在床上。爸媽的照片還在原來的地方，就抵在檯燈旁。瑪姬盯著照片看。照片裡的爸爸看起來非常快樂、非常放鬆，可是他那種神情現在再也沒出現過了。瑪姬試著想像爸爸對自己微笑，卻怎麼也無法想像。從什麼時候開始，爸爸已經從那個人變成現在這個總是嚴肅又疲憊的人呢？

瑪姬嘆了一口氣，翻過身去。雖然坐雪橇真的很好玩，她還是覺得一股沉重感堵在自己胸口。她跟佛瑞德講話還是結結巴巴。到目前為止，什麼事也沒有改變。

對自己溫柔一點，做人本來就不容易。

老橡樹的話語又回到她腦海裡。她不確定自己是否完全了解這個訊息……但現在這句話讓她感到平靜，瑪姬覺得自己胸口和肩膀上的緊繃感減輕了一些。

第二天是星期一，瑪姬帶著蝸牛罐子下樓吃早餐。她有點擔心颶風。瑪姬早上醒來時，發現他的觸角下垂，外面這麼冷，她或許不該把蝸牛留在窗台上。不管是什麼原因，總之他現在看起來就是不對勁。希望只是天氣太冷了，不過她不確定。

佛瑞德已經坐在餐桌前了。他穿著燙過的襯衫和綠色毛衣，手肘處有一塊補丁，看起來比平常還時髦。佛瑞德脖子上掛著黑色聽診器，一手拿著一杯茶，另一手拿著一片吐司，正在看報紙。瑪姬發現黑莓果醬正從吐司麵包滴下來，一大坨果醬就掉到佛瑞德的盤子上。

「早早早早安，佛瑞德。」她說。

她把蝸牛罐子放在桌上，輕輕把罐子推向他。

「瑪姬早安。」他放下報紙說。「希望你睡得很好。啊，這是什麼呀？一對陸生腹足綱軟體動物……**散斑角蝸牛**，也就是俗稱的『花園蝸牛』……而且是很漂亮的一對，雖然……」他放下眼鏡，更仔細端詳著罐子，「這位老兄似乎有點無精打采啊。」佛瑞德抬頭說道。「讓他們在樓下待一會兒吧，廚房比較暖和，也許他只是需要吃一些新鮮食物，還有一些水分。我去食物儲藏室找找，看看能給他什麼。」

瑪姬對他微笑。他對蝸牛真是太了解了！

沒過多久，佛瑞德帶了一些高麗菜葉回來。「哪，給你，試試看這個。可惜我得去工作了，這種天氣有很多人感冒咳嗽，我五點左右回來。」

「什什什什什什什麼？」瑪姬很驚訝的說。她之前沒想到佛瑞德居然還要去工作，或是她有可能單獨被留在屋裡。

「辦公室就在特魯羅城外而已，不會很遠。」佛瑞德又說。「還有，講到醫生的工作，在我出門前，讓我簡單檢查一下你的手。」

瑪姬手掌上的繃帶邊緣已經磨損變得灰灰的。佛瑞德慢慢撕掉繃帶。「看起來狀況不錯。」他說。「恢復得很好，我認為你已經不需要再纏這個了。再過一兩天我們就可以拆掉縫線了。」

「ㄏㄏㄏ好——」瑪姬嘗試回答，不過才開口發出短短的音節，她就感覺空氣又哽住她的喉嚨了。「ㄠㄠㄠㄠ——」卡頓。她的頭部猛然抽動。「ㄠ好。」

佛瑞德定睛看著瑪姬。「你確定你在這裡沒問題？」他說。她點了點頭。「聽我說，」他說，把手伸進一個亂糟糟的抽屜裡，撈出一枝筆。「這是我的電話號碼。如果你需要找我，就打電話給接待員。電話就在起居室條紋扶手椅旁邊。」

瑪姬盯著那一小張紙。上次她拿起話筒時，一個字也說不出口。就連開頭都沒有。那是她經歷過的最糟糕的一次，從那次經驗後，她就不曾再拿起過話筒了。瑪姬感到一陣羞愧。

「好嗎？」佛瑞德又複述了一次。瑪姬再次點點頭，盡可能有力的做出這個動作。「我會看看能不能早點回來。」

佛瑞德出門後，瑪姬留在餐桌邊又坐了一下。小屋非常安靜。她觀察颶風的動靜，做了一個長長的深呼吸。他發現高麗菜葉了，似乎正在吃，讓瑪姬鬆了一口氣。

「颶風，我到底有什麼問題？」瑪姬輕聲說。「為什麼我有辦法跟你和戰鬥機講話，卻沒辦法跟人類講話，更別說想講電話了？」實在太難了。有那麼一會兒，她想像被綁在一張床上，房間裡全是哭鬧的小孩，還有一堆像是諾拉護士的人四處走動，對每個小孩大吼大叫，叫他們安靜閉嘴。

兩隻蝸牛不停地嚼著菜葉。瑪姬轉身望著窗外，想要轉換思緒，別只想到顧蘭村的事。許多知更鳥、煤山雀，還有椋鳥拍著翅膀，飛繞在佛瑞德搖搖晃晃的餵鳥器旁，爭搶食物，設法在嚴寒的天氣裡生存下來。

現在還不到早上九點。接下來還有一整天。瑪姬有點想玩雪橇，但又不確定單獨去玩雪橇好不好。她也想再回到森林，再去看看那棵老橡樹。也許她可以到那裡去玩雪？或是蓋個山洞？

她的目光瞟過鳥群，飄向更遠處的山頂，樹木高高矗立的地方。這時候她突然想起當時的感覺：有誰也在那裡。觀察著她。躲藏著。

Chapter 14

朗帕斯不曉得自己還能承受這種痛楚多久。

朗帕斯側躺著，盡可能安靜不動。任何動作，不管多麼輕微的動作，都使他的身體痛得不得了。他現在已經感覺不到腳掌尖銳的刺骨疼痛了，他柔軟的黑色肉墊已經麻木了。他的毛皮上滿是血跡和塵土。

朗帕斯時而清醒，時而失去意識，在恐懼與放棄之間瘋狂掙扎著。詭異的形狀和影子似乎在黑暗裡晃動著。他們是生物嗎？會把他當作獵物嗎？會幫助他嗎？朗帕斯不知道。他的意識再度變得模糊。

黎明將至時，他聽見附近傳來沙沙聲。朗帕斯張開眼睛，嗅了嗅空氣中的味道。在昏暗的光線中，他的瞳孔自動放大，他仍然看得見，可是他的頭沒辦法動，就連最細微的動作似乎都讓他難以承受。周遭傳來更多沙沙聲，現在更大聲更迫近了。一陣強烈的麝香味。苦澀的氣味。某隻動物從他背後靠近。腳步很沉重，低低踩在地面上，穩健有力的腳步。

所有的感官都活躍起來了。朗帕斯強迫自己坐起來，將受傷的腳掌拖到側面。他痛到臉部肌肉抽搐。這時候，他看見一張尖尖的黑白條紋臉蛋、尖端白白的小耳朵，還有一陣喘息聲。他不曾見過獾，不曉得她到底是不是友善的。她聞起來有牛奶還有另外什麼東西的味道……新生兒？小寶寶？

她很強壯。厚厚的腳掌很結實，短短的爪子很尖銳。朗帕斯仔細觀察她移動的樣子，以及他們臉部與身體的共通語言。她把鼻子湊到空中聞了聞，接著把頭轉向他。她小小的黑眼睛盯著他滿是血跡的腳掌、盯著陷阱的鋸齒夾、生鏽的鐵鍊，再望向木樁。

她湊近了一點。

朗帕斯又躺了下來，低下了頭。如果她決定發動攻擊，他憑直覺就知道自己會落敗。

她又再靠近了一點。

他看著她。

她湊向他受傷的腳掌，現在近到鼻頭幾乎碰到他的毛皮了。有那麼一瞬間，朗帕斯覺得自己好像看見她的上唇縮了起來，他猛然試圖抽回腳掌，很怕她會咬自己一口。鐵鍊鏘鏘作響，她避開了。朗帕斯發出嘶嘶聲，又一陣痛楚掠過他的腿。

那隻獾再度緩緩靠近。朗帕斯躺著不動，他的身體動不了。他左右甩動尾巴，可是他實在累癱了，無法再更進一步示威。她悄悄往前。她沒有攻擊他，只舔舔他的傷口。非常溫柔。陷阱的鋸齒爪子裡卡著許多葉子、土塊、血與砂土。她把這些東西全都清掉了。

朗帕斯不曉得她陪在自己身邊多久。實在太痛了，他的意識再度變得模糊。當他再次睜開眼睛時，那隻獾已經走了。清晨的陽光從林間片片篩落，驅散了夜晚。他的腿還是一樣痛，舌頭腫脹又乾燥。朗帕斯把頭轉向一側，嘗試去舔堅硬的雪地。他覺得滿嘴土味，而且有很多沙子，不過水分還是稍微緩解了他口渴的感覺。朗帕斯又躺了下來，他精疲力竭。

朗帕斯不曉得自己還能承受這種痛楚多久。他的傷口溼答答，正在滲血。他聞得到自己鮮血的味道。

Chapter

15

那一抹紅襯著蒼白的雪，如此鮮豔又出人意料。

瑪姬抵達時，整座森林都醒了。晨光沿著積雪的枝頭悄悄移動，一群鳥兒相互鳴唱寒暄，她走向空地時，空氣裡出現此起彼落的沙沙聲。這次瑪姬已經對小路比較熟悉了，她發現自己的步伐甚至有些輕快，而且毫不費力就找到那棵空心的橡樹。老邁的巨人也像在歡迎她，粗長、蓬亂的低垂四肢向外展開，這裡似乎也是個打造巢穴的好地方。

瑪姬略微瞄了一下空地，想看看有沒有堅固一點的木棍。她四周的霜雪閃耀著光澤，結實的樹枝似乎不如她想像中那麼好找，不久，她就大膽走進森林更深處，希望能有更多發現。

她小心翼翼地走過蔓生的歐洲蕨和一叢叢光禿禿的榛樹，靴子在結冰的地面上打滑。路不好走。一棵巨大的山毛櫸倒在瑪姬面前，山毛櫸的根還很完整，纏繞成一塊很大的粗毛地毯。瑪姬想爬上去時，發現一塊被扯開的樹根間有一個洞。對兔子來說洞好像有點大，說不定這是一個狐狸窩，也說不定是獾的洞穴。瑪姬很喜歡獾，在她心裡，獾很友善，或許她是受到《柳林風聲》這本書裡的獾的影響吧。無論是什麼原因，她不想打擾洞穴裡的動物，所以就轉身朝另一個方向走。

瑪姬看見好幾根比較長的樹枝，只是大部分都濕濕的，而且拿在手上，一下子就折斷了。或許搭雪堡還比較好一點呢。瑪姬正在想到底什麼材料最好時，突然意識到自己可能迷路了，不管她往哪個方向轉，所有東西看起來全都一樣。她試著抬頭看，可是那樣還是沒有用。幾隻烏鴉在她頭頂的枝椏上跳來跳去，烏黑的剪影映襯著蒼白的天空。烏鴉很吵。瑪姬試圖不理會慢慢佔據她內心的恐懼感。「思考呀。」她對自己說。「看著太陽的方向，然後也許轉向……這邊？」瑪姬決定用猜的，她繞了一圈以後，便朝自己期待是西方的那方向走去。

她還是不確定自己要怎麼找到回到空地的路時，一抹怪異的紅吸引了她的目光。那一抹紅襯著蒼白的雪，如此鮮豔又出人意料。

「噢～不。」她輕聲說。

一隻巨大銀灰色貓咪的身體就出現在幾呎外。他側身扭曲的模樣有點可怕。瑪姬小心地往前靠近。到處都是血和深色的血漬，瑪姬忍不住屏住呼吸。

這就是她從臥室看見的幽靈生物。她很肯定，銀灰色的毛皮，長長的尾巴，可是他的頭垂得很低，而且看上去很僵硬。

瑪姬望著他肩膀的線條，他前腿的角度很怪異。她小小倒抽一口氣。貓的右腳掌被一具巨大的金屬陷阱的鋸齒夾住了。瑪姬看見那個東西的鋸齒緊緊卡進他的毛皮，緊到把毛皮從另一側擠壓出來，就像一個腫包似的。沉重的金屬鍊條垂放在髒兮兮的雪地上，一端用木樁固定，深深釘在堅硬的雪地裡。瑪姬感覺有點反胃。

「你怎麼了？」她蹲下來輕聲地說。「噢，這個殘忍的東西是什麼？」她用力抹著自己的臉頰。

別再哭了！

貓閉著眼睛。瑪姬脫掉一隻手套，把沒受傷的手放在貓鼻子前，渴望能感受到他的呼吸。

他還有呼吸，只是氣息非常微弱。這個陷阱，她得弄掉陷阱。瑪姬很想轉過身去，但又強迫自己去看一看。陷阱的形狀就像鐵鍋，一側有一根長長的握把。一定會有一個鬆開鈕什麼的吧。噢，這會有多痛啊！快點啊，絕對不可能卡得這麼緊吧？瑪姬，快點思考啊。她的心跳得好快，彷彿每一下都像是在她耳膜上重擊。快振作起來啊。她不耐煩地站了起來。「對了，佛瑞德的工具小屋啊，我可以把它剪斷。」她突然轉身。周圍看起來都一樣。該往左邊？還是往右邊走呢？

「**到底哪一邊啦？**」她大吼。

一陣寒風吹過森林。樹木隨風搖擺，聽起來就像古老的旋律裡低沉的音符。瑪姬跟隨自己的本能，轉身就跑。她盡可能筆直地往前跑，躍過大大小小的樹枝和掉落的木頭，在灌木叢與小樹叢之間閃閃躲躲。她盲目地向前跑，相信著某種她看不見、無以名狀的東西，她甚至不確定那種東西究竟是否存在。

最後，瑪姬從灌木叢間衝了出來，跑到她之前進入森林的小徑上。瑪姬鬆了一口氣，她認得路。她迅速思考：做記號啊，要做記號，否則她永遠沒辦法再找到他了。她拿掉帽子，把帽子丟在地上。來吧。接著她一口氣跑到森林邊緣，越過小溪，跑到佛瑞德的工具小屋。

沉重的木門關著，但沒有上鎖。瑪姬不知道該從哪裡著手才好，這裡一團混亂，到處散置著製作到一半的東西、垂墜的床單、零散的機器零件、纜線、引擎、工具，全都亂成一團。瑪姬瘋狂地翻找。

「剪刀，不對！螺絲起子，不對！槌子……也許可以？不行。腳踏車鍊、踏板，不對，掃帚的握把，不對……不對。拜託，一定有什麼東西可以用吧！」她盯著牆壁看。電線、繩子、掛勾。再高一點呢。這些架子高到她根本看不見上面放了什麼。她急忙爬到工作台上往旁邊看。什麼也沒有，只有一箱箱的釘子和螺絲。她又跳下來，憤怒地把注意力轉向工作台底下那堆板條箱。油布、園藝剪刀不夠堅固。

這時候她看見了。主門上方有一組長臂金屬剪，像是巨大的剪刀長了一顆小巧厚實的頭。對了！她用一把鏟子戳它們，直到它們從鉤子上滑落，哐啷一聲掉到地板上。這種東西就可以把陷阱剪斷了。她停頓下來。可是接下來呢？傷口又要怎麼辦？她會需要水、水桶……殺菌劑……她好像在哪裡看過一個醫藥箱……不是嗎？她回到佛瑞德工作台底下那些板條箱，努力翻找那些箱子。其中一只箱子裡塞著一個大大的黑色錫罐，罐子上寫著家庭醫藥箱這幾個字。醫藥箱裡沒有多少東西，只有幾綑繃帶和一對鑷子。不過也只能派它們上場了。

瑪姬費力地越過小溪，設法不弄掉任何東西。那座橋不過是一塊窄窄的木板，她站得不太穩。她一過橋，就趕快把水桶裝滿，然後用她最快的速度半跑半走地回到森林裡。她的手本來就還很痠痛，這下子提著這麼重的東西，更是抖個不停。冰冷的水晃來晃去，都灑出來了。等她終於走到帽子邊，轉到另一條小徑上時，早就滿身大汗了。

貓還在她之前看見的地方。

他依然閉著眼睛。

瑪姬的心噗通噗通跳。

「我回來找你了。」她說。「我要幫你弄掉這個東西。我發誓。」

瑪姬用手指觸摸陷阱頂端和側面。可是該從哪裡剪斷呢？她摸索著握把旁的鋼鐵線，找到一卷彈簧。這個彈簧就是控制陷阱鋸齒的關鍵嗎？想必是吧。她徒手拿起剪刀，剪刀很長不怎麼靈活，但很容易分開。她盡她所能握好剪刀，將刀刃瞄準彈簧唯一較窄的部分，用力把剪刀往下壓、再更用力往下壓。

拜託啊。就靠你了。

什麼事也沒發生。

瑪姬又試了一次，用力繃緊雙臂每一束肌肉，把自己肩膀和上背部肌肉的力量都用上，一次又一次不斷用力往下壓，可是生鏽的鋼鐵上就連一丁點凹痕也沒有。她試了又試，用盡全身的力氣往下壓。她的臉頰都紅了，不過無論她多努力嘗試，鋼鐵彈簧圈依舊完好無損。

瑪姬一氣之下，把剪刀丟到一邊。

那隻貓還是沒動。

「別對我失望嘛。」她輕聲說。瑪姬再度跪在地上，一定會有辦法吧。她的腦筋轉呀轉。獵人會怎麼拿掉陷阱呢？她伸出手，再試一次，想了解陷阱是怎麼運作的，它的機械原理是什麼。要是佛瑞德在附近就好了，他肯定知道。

瑪姬焦急地一次又一次用手指拂過陷阱的握把。「這只不過是彈簧而已。」她喃喃自語。「現在它伸展開來了。瑪姬，趕快思考呀。如果有辦法讓它延伸，就一定也有辦法讓它縮回來。」她研究彈簧的形狀，還有上面所有零件是怎麼拼在一起。「那個圈圈是什麼……它可以滑動……對了！對了！」瑪姬說。她提起一個小小的鐵圈。「對，拜託！」瑪姬用力推動滑圈，把手指繞過冰涼生鏽的金屬，接著她用力擠壓那兩根像髮捲似的握桿。陷阱的鋸齒夾往兩側慢慢分開，她又更用力壓了下去。

Chapter 16

老橡樹是他找到唯一可以遮風避雨和藏身的地方。

朗帕斯感到有一股冷水潑到臉上。他在游泳嗎？他能聽見什麼聲音，可是感覺很遙遠。他眨眨眼睛。更多冰冷的水，多到嚇人的水。有些水跑到他鼻子裡。他咳了一聲，睜開眼睛。他不是在游泳。他在森林裡，而且疼痛不已。

模糊的世界逐漸清晰。他張大鼻孔。是空地上的女孩。她蹲在自己身旁，手裡提著一個水桶。

朗帕斯撐著自己的身體，試圖離她遠一點。他的腿部湧起一陣新的痛感。他突然跳起來，又低頭往下看。他的腳掌被纏上繃帶。他立刻咬住繃帶，想扯掉它。女孩開始講話，她的聲音溫柔又平靜。他停下動作看著她。她把那桶水慢慢地往前推，把水桶傾斜向著他。

朗帕斯嗅了嗅水桶邊緣，俯下身來。新鮮又冰涼的水。他口渴極了，急切地喝著水，長長的粉色舌頭舔了又舔。水實在太好喝了，乾淨又沁涼。他喝完水，把頭伸回來，鬍鬚和下巴都還在滴水。女孩正盯著他看，他猶豫了。她的眼神不帶威脅，她的味道讓他想起另一個人類，很久很久以前見過的人，在他剛剛出生的時候。她那雙深邃又溫柔的眼睛，還有她那雙小心翼翼試探又柔軟的手，給他一種自己被照顧著的感覺。

「這樣就對了，別走。我不會傷害你的，懂嗎？」女孩慢慢往前伸出手。「我想幫你。」

她繼續輕柔地對他說話。朗帕斯喜歡她的聲音。這時候，她身體又往前傾，他再次往後退，半跛著半拖著腳。他不希望任何人碰他，或是嘗試把他抱起來，以防附近又出現另一輛小貨車。他已經在森林裡看過一輛卡車。

女孩更靠近他了。他的腳掌很脆弱，他不確定他有沒有辦法保護自己，而且此時此刻，他無法肯定她接下來會怎麼做。他試圖逃跑，把受傷的腳掌藏在胸前。

「不要！別離開！拜託……」

她的聲音變大了，朗帕斯不喜歡這樣。他一弄清楚該如何調整自己身體的重量，移動的速度就變快了。他繼續往前跑，才隔幾分鐘，就看不見他身後的女孩了。

最後，朗帕斯循原路走回空地。老橡樹是他找到唯一可以遮風避雨和藏身的地方。當他抵達時，太陽高高掛在天空中，地面上被陽光曬過變得溫暖的雪，閃亮亮的。他聞了聞空氣。這裡只有他，至少暫時如此。

跛腳攀爬並不容易。第一次嚐試時，他成功地用那隻沒受傷的前腳掌抓住樹皮，可惜力量不夠，沒辦法一口氣撐著往上爬。他又試了好幾次，然後改變策略，爬上一根低垂在地面上的粗樹枝，尾巴用力讓他努力保持平衡。

等他一爬進樹裡，層層疊疊的陰暗和樹皮牆讓他安心。他稍微放鬆了一點，再度努力對付繃帶，用牙齒撕咬繃帶邊緣。繃帶很快就鬆開了，他把繃帶甩掉。腫脹的腳掌兩側被陷阱割傷，留下半圓形的傷口。傷口很深，又深又髒。他輕輕地舔了舔，盡最大的努力清除砂礫和鐵鏽碎屑。等他做完這一切，就把頭枕在老樹柔軟的樹皮上，閉上了雙眼。

奇怪的聲音讓朗帕斯驚醒過來，有個小小硬硬的東西啪咑啪咑沿著老橡樹側面向下滾。他希望那個東西停下來、趕快離開。他本能地把身體壓低，可是那個聲音再度出現，噗哧噗哧、咕嘟咕嘟、咚隆咚隆的聲音。

他慢慢地……非常緩慢地把頭抬起來，這樣他藍灰色的眼睛就可以從空心樹洞邊緣往外看。他沒看見任何東西，也沒看見任何人。但他立刻就聞到某種味道。他張大了鼻孔。是肉嗎？不對，不是肉丸，是其他東西。他把頭抬高了一點，這時候，他看見那個女孩了，她正緩緩往樹的方向走來，手上的盤子裝著某種獵物什麼的。她輕輕把盤子放在地上，就退到一旁。

朗帕斯又嗅了嗅空氣。他不確定自己該不該離開隱蔽又舒適的空心樹洞。可是他餓了，而且東西就在那裡。

他爬了出去，沿著低垂的樹枝往回走，試著避免把重心壓在受傷的腳。尾巴不停地抽動，努力試著保持平衡。他一跛一跛走向盤子，嗅聞著味道。雉雞已經死了。他望了女孩一眼，她盤腿坐在空地另一側，雙手放在腿上，頭上還是戴著同一頂紅色羊毛帽。

朗帕斯轉回雉雞這邊，他大口咀嚼、嚼碎骨頭，盡可能把肉咬下來，再吐掉羽毛。味道很不錯，雖然沒有肉丸那麼好吃，卻比餓肚子好多了。

Chapter 17

他似乎沒有被馴化，卻也不完全像野生動物。

瑪姬又對著老橡樹樹幹投了第二顆小石頭。那隻貓染血的腳印很容易追蹤，不過說不定他已經不在裡面了，說不定在她回到小屋找東西餵他的時候，他已經離開了。她正準備扔第三顆小石頭的時候，一對小巧、邊緣黝黑的耳朵冒了出來，只微微從空心樹樁邊緣探出來，接著他的後腦勺出現了。瑪姬的心開始轉圈圈，就像一根風車，同時因為恐懼和興奮的燦亮火花而生氣勃勃。她每一個神經細胞都刻印著進化的印記，隨著認同的瞬間而興奮。這隻生物美麗雄偉，卻也非常危險。

她把死雉雞放在地上，就退到一旁。牠一直掛在佛瑞德的食物儲藏室裡。她超討厭手上羽毛冰滑的觸感，可是她想不到還有什麼東西可以給他。

貓小心翼翼的從樹樁裡爬了出來。瑪姬屏住呼吸，他每個動作都讓她目眩神迷。一切都說不通啊。他顯然不是普通的貓，身形實在太大，銀色的毛皮濃密又蓬鬆。何況他的尾巴跟她見過的任何貓都不一樣。相較於他身體其他部分，尾巴真的很長，腳掌也很巨大。他好像還沒有發育完全，身體某些部位對他來說好像過大，無法好好控制，某些部位卻似乎還跟小貓沒兩樣。他似乎沒有被馴化，卻也不完全像野生動物。他絕對不是獵豹，獵豹很瘦又是黃色的。要說是美洲豹，顏色也不太對。不過他看起來的確比較像美洲豹，小小的銀灰色美洲豹。瑪姬不曉得他到底是什麼動物，也不曉得他究竟為什麼會出現在這裡，在康沃爾郡的森林裡。這一切都說不通啊。

當他扯開雉雞，咬碎骨頭，幾秒鐘就弄得一片狼藉，略帶紫色的雉雞肉和羽毛到處散落。瑪姬實在不曉得自己到底要上哪兒去找另一隻死掉的鳥。她依稀記得佛瑞德說過鳥是在路邊發現的，可是又無法確定。這隻貓舔舔自己的嘴角，然後望向瑪姬，跟她四目相對。她覺得自己上臂的皮膚刺刺的，他望著自己的方式讓瑪姬覺得他很想要信任她，可是又沒辦法由衷這樣做。他的眼睛裡充滿沒有說出口的話……無法訴說的話語。後來他就把眼光移開了，他瞄了空地一眼，彷彿隨時都會跑掉的樣子。瑪姬覺得他似乎很困惑，也彷彿迷路了。不過他並沒有跑掉。

瑪姬保持不動，盤腿坐著，把雙手放在腿上。之前她把身子往前探，他好像嚇了一大跳，她不希望自己再次把他嚇跑。於是她坐在冰冷堅硬的地上，不貿然移動，只是靜靜觀望。

貓沿著樹的底部繞圈，選了一個位置躺下來。他把身子蜷縮在老橡樹盤根錯節的厚厚樹根空隙間。瑪姬知道他雖然沒有直視她，卻密切地觀察自己，她對他也一樣。他並沒有閉上眼睛，可是他的眼皮半垂，進入半睡半醒打盹的狀態。他銀色的尾巴偶爾會左右擺動，直到他似乎更安定一點時，才用尾巴包裹住身體，就像多了一條暖呼呼的圍巾似的。他打了呵欠。

瑪姬盯著他白晃晃的牙齒和尖細銳利的犬齒看。她的胃部竄過一陣恐懼，她知道自己應該要更害怕才對，她確實感到害怕，只是有比害怕更強烈的感覺是對他的敬畏。無論就哪一方面來說，他都太神奇了。

瑪姬就這樣坐著，直到午後的陽光漸漸消逝，直到她的鼻頭凍成粉紅色，她的指尖凍得刺痛。她一直坐著，直到他最後終於起身，伸展身子，一跛一跛地走回空心樹椿，動作遲緩、安靜無聲。

瑪姬站了起來，她坐太久了，膝蓋和腿都僵硬無比，有一隻腳就像是被針戳過，麻麻刺刺的。瑪姬想擺脫這種感覺，便把目光一直盯在樹上。一部分的她很想離開，想回到溫暖的小屋去找佛瑞德。可是另一部分的她很想留下來睡在這裡，這樣她就不會錯過任何跟他相處的機會了。

「我明天再來唷。」瑪姬靜靜的說。「我回來的時候你還要留在這裡，拜託。」接著，她轉身不情不願的離開了。

一陣強風吹動頭頂的樹枝。瑪姬離開空地，停下腳步抬頭看。太陽剛剛下山，冬日天空殘存的幾縷色彩都消失了。樹木隨風晃動。時間似乎停了一會兒，暫時懸浮在某個不同的時間軸上。她覺得自己好像聽見什麼聲音，感覺到什麼東西，與其說是聲音，比較像是某種奇妙的振動。沒有。她搖搖頭，繼續往前走，把羊毛帽拉下來蓋住耳朵。佛瑞德很快就到家了，她迫不及待，想要告訴他所有的一切。

瑪姬才踏進後門，就停下腳步。她之前讓門這樣半開著嗎？沒有吧。這麼凍的天氣，她不可能讓門這樣開著。屋子似乎黑漆漆又很安靜，真怪。因為某種原因，她沒有脫掉靴子。她屏住呼吸。

有人在屋子裡。

瑪姬體內的腎上腺素往上飆升。她經常做惡夢，夢到自己遭遇危險，試圖發出尖叫求助，卻發不出任何聲音。現在她聽見聲響了。從起居室傳出窸窸窣窣的聲音？還是從廚房呢？不是正常的聲響。瑪姬把耳朵貼在牆壁上。聽起來像是某個人在翻找東西的聲音，也許是文件。她不曉得自己該不該尖叫。那樣能嚇跑他們嗎？或是反而會迫使他們來追她？

瑪姬轉身，跑回屋外。她悄悄走到前門，希望佛瑞德的荒野路華會停在車道上。沒有。她蹲在前花園的圍牆後，可是太暗了，她看不見任何一扇窗戶裡的動靜，她必須靠近一點才行。

她慢慢靠近起居室窗戶下的花圃。有些雪已經融化，可是大部分的玫瑰花叢還是被冰雪覆蓋，而且長滿尖刺。擠在花叢間實在有點辛苦。瑪姬緩緩越過窗台張望，她往前探，感覺鼻子底下的玻璃冰冰涼涼，她用手套圈住眼睛。

是一個男人。她現在看見他了，他舉著手電筒，正彎腰在佛瑞德的書桌前。他個子很矮、肩膀厚實。接著，他突然轉身，一陣強光照過來，男人的目光直直望向瑪姬。她趕緊彎下身子。

瑪姬聽見嘈雜的撞擊聲，還有腳步啪噠啪噠的聲音。他一定看見她了，要來找她了。瑪姬轉身就跑。她衝過車道，靴子踩在滑溜溜的石子路上，接著在結冰的地上滑行，她的手臂和腿都在抽動，瑪姬長這麼大從來沒跑這麼快過。她沒有停下來回頭看，直到抵達大門。她只看見向她跑來的男人模模糊糊的輪廓。她沒等他再靠近一點，便迅速轉身，跑到小路上。

瑪姬繼續往前跑，一束車燈出現在轉角。她終於鬆了一口氣。佛瑞德從車窗探出頭來。

「瑪姬！瑪姬，是你嗎？」他高喊。「你站在馬路中間做什麼？」

瑪姬爬進副駕駛座，瘋狂地用手指著大門的方向，她滿臉通紅，臉頰熱辣辣，可是一個字也說不出口。

「瑪姬，你還好嗎？你受傷了嗎？」

瑪姬搖搖頭，依舊指著大門。

「你要我開到大門那邊嗎？」

她熱切的點點頭。佛瑞德把車子往前開。瑪姬把身子往前探，把手放在儀表板上，仔細望著黑漆漆的四周，可是男人不見了。

等他們到家，瑪姬帶佛瑞德穿過後門。她一邊走，一邊把所有的燈打開，並用力地發出沉重的踏步聲。到了起居室，瑪姬仔細檢查佛瑞德的書桌。看起來跟佛瑞德離家時完全一樣，並沒有變得亂糟糟，東西也沒被亂放。瑪姬轉過身去，他的檔案櫃似乎也整齊得很。

「瑪姬，到底怎麼了？」佛瑞德困惑的說。

「闖闖闖ㄔㄔ……。」瑪姬的頭往後抽動。「闖闖。」卡住了。她滿心挫折地抓起一枝筆。竊賊，她寫道。有個男人在這裡，他在翻你的東西。

佛瑞德俯下身來閱讀她的字條。他臉上的表情從困惑變成關切。他轉過身，單膝跪下，打開檔案櫃最底層的抽屜。他一邊喃喃自語，一邊翻閱所有的檔案夾。翻到標註了患者紀錄——羅斯穆立恩的檔案夾時，他停了下來，翻開這個檔案夾。文件夾是空的。

「我不知道我是否能完全相信這件事，不過我想我知道誰來過這裡了。」他說。佛瑞德站了起來。他輕輕把一隻手放在瑪姬肩膀上，捏了她一下。「瑪姬，來吧，看來我們兩個都需要喝點飲料。」

Chapter 18

她消失了，就那樣消失了。

朗帕斯待在空心樹樁裡。夜幕低垂，周圍黑暗又寒冷。他夢到蘿西。她就在那兒，他看得見她，幾乎就在攀爬柱的頂端。他撲過去追著她，可是空間不夠，他們都跌下來，降落在一大堆腳掌和尾巴上，彼此嬉鬧玩角力。她想制服他，可是他及時逃脫。他們回到百貨公司的寵物王國，可是又不是那家寵物王國。然後她消失了，就那樣消失了。

朗帕斯不斷尋找她的身影，可是蘿西消失了。

Chapter 19

你叫朗帕斯。

瑪姬和佛瑞德匆匆喝了一碗湯後，在廚房坐下來。佛瑞德幫瑪姬倒了一杯茶，還加了一團金黃色的蜂蜜。茶的味道有點奇特，乾燥香草植物加上花朵，不過瑪姬發現這種味道能舒緩心情，她喝得愈多就愈喜歡。她的心跳慢了下來。佛瑞德給自己倒了一杯威士忌。

「鎮上別墅的擁有者名叫佛伊勛爵的人。」他說。「佛伊同時也擁有附近許多土地，包括橡樹森林。他想剷平森林，因為他根本不在乎那些樹。」佛瑞德補充，聲音帶著一絲惱怒。「他認為自己就坐在一座金礦上——嗯，事實上是銅礦，我想意思都差不多。」

「他他他他─他真的是嗎？」

「是的，底下確實存在銅礦。」佛瑞德啜飲了一口威士忌。他嘆了一口氣。「問題是：開採銅礦可以讓擁有它的人變得富裕，但負責開採的人卻會生病。生重病。丟失的那份檔案夾裡，都是我已經治療了很多年的患者們的醫療紀錄，他們生病都是因為接觸暴露在礦坑外過量的砷。有些人身體狀況好轉了，可是有些人並沒有。」

「可是為什麼要偷走？」

「從去年起，我一直試圖讓佛伊停工。部分原因是因為我對患者們的第一手觀察，但另一部分的原因是為了拯救森林。瑪姬，我好愛那片森林。威達克森林是英格蘭西南部最後僅存的原始林了。那裡有些榆樹和山毛櫸已經好幾百歲了，甚至可能更老。有一棵雄偉的老橡樹甚至快要一千歲了。它見證了一切：羅馬人、維京人、各式各樣的戰爭……它倖存下來了。那兒住了黃褐色的貓頭鷹、雀鷹，還有夜鷹、獾、刺蝟和野花……還有蘭花、毛地黃，和種類繽紛的蝴蝶。」瑪姬看著佛瑞德，發現他臉上的神情愈來愈生氣勃勃。「有一種蝴蝶叫做大藍蝶，就我們所知，牠們在全國只剩下兩三處棲地，其中一個棲地就在這裡，在威達克森林的邊緣！瑪姬，大藍蝶就快要絕種了。」他用指頭輕輕拍了拍杯側。「嗯，」他又說：「只不過是一種蝴蝶絕種，又有誰會在意呢？」

「佛瑞德，我—我我ㄨㄛ。」瑪姬說。「我在意。」

佛瑞德看著她。他的目光很柔和，眼周布滿了皺紋。

「我知道你在意。」他說。

瑪姬用雙手圈住馬克杯。「所以，」她說。「你怎麼阻止他？」

「去年我組成了一個地方委員會。我讓大家知道採礦的危險，還有我第一手觀察到的現象。那些醫療紀錄就是證明。後來他就一直追著我跑，只是我萬萬沒想到他會做得這麼過分。」

「你說—說說『追著你跑』是什麼意思？」

「嗯，一開始他試圖賄賂我，想給我一些，呃，非常慷慨的耶誕『禮物』——招待我到蘇格蘭的大別墅去打獵一天。當然，我又不打獵。他發現我一點都不『心存感激』後，就嘗試了一些其他的策略……比如告訴《特魯羅報》我的記憶力已經『毀了』，說人們來找我看診等於冒著生命危險，因為我很可能會開錯藥！那種事對醫生來說殺傷力很大，雖然那全都是鬼話。」他搖搖頭。

「你你—你要報警警—警警嗎？」

佛瑞德想了一下。「你是唯一的證人。」他說。「我們有什麼證據可以證明我的檔案夾真的被偷了，而不是我自己不知道怎樣弄丟的呢？再說……」——他的聲音非常沮喪——「委員會其實並不具備真正的法律權力。技術上來說，那是佛伊的土地，儘管那裡有多少通行權或是公共小徑通過，到最後，他還是可以隨心所欲使用它。」

「所以，他就就就那樣把樹全砍砍下來？」瑪姬感覺到一陣怒氣，接著又感到擔心。那頭豹子會怎麼樣？老橡樹又會怎麼樣？「可是他不能那樣！」她說。

佛瑞德喝光杯子裡最後一點威士忌。冰塊碰著杯子，叮叮作響。「他可以。」他說。「而且我很肯定他會。」

「佛佛佛瑞德？」瑪姬停頓下來。她必須告訴他。「還有其其其其他他事。」

佛瑞德看起來很疲憊。

「我今天發現一隻動物，他被困在一個可怕的陷阱。我覺得是一隻豹子。」

「等一下，什麼？哪種陷阱？還有你說是一隻什麼？」

「我覺得牠是一隻豹豹豹子。他的腳掌被一個帶有金屬齒的東西夾住了。真的很可怕。」

佛瑞德看起來很困惑，他搖搖頭。「你怎麼做呢？他還好嗎？」

「我把它拿掉了。可是他的腳掌被割割割傷了，很嚴重。我可以帶你去看他嗎？明天？確定他沒沒沒事？」

佛瑞德揉揉眼睛。「當然可以，」他說。「如果你想要，我們可以一大早就去，可是動作要很快，我明天九點就得去工作了。」他停頓了一下。「你說牠是什麼動物？」

「豹子。」瑪姬說。

佛瑞德起身，把杯子拿到水槽。「瑪姬，不可能是豹子。不管是什麼動物都不會是豹子。」

「真的是。」她說。「他身上有斑點，還有長長的尾巴，而且他很大一隻。」

「瑪姬，你不可能在威達克森林找到豹子，牠們不住在這個區域。」他溫和的說。「可能是舊農場走失的，很大隻的貓。不過沒問題，明天帶我去看吧，我會移除那個陷阱。來吧，現在已經超過我們兩個該上床睡覺的時間了。」他關掉燈。「瑪姬，晚安。」

瑪姬咬住嘴唇。她需要佛瑞德相信自己。「晚安。」她說。她一早就會帶佛瑞德去看，到時候他就會明白了。

第二天早晨，佛瑞德出現的時候，瑪姬早就等在後門邊了。她全副武裝，穿好外套、戴好帽子、套上靴子。

「那就出發吧。」他說，揉了揉她帽子上的絨球。「我們走。」

他們迅速沿著狹窄的林間小徑快步走，瑪姬呼出的空氣都變成白煙。當他們靠近空地時，她慢下腳步。

「他躲起來了。」瑪姬輕聲說。「就在那棵大大大—很大的樹的樹幹裡。只要我們安靜一點，他就會出來。」他們蹲在空地邊等了好幾分鐘。瑪姬盯著樹椿邊緣看，認為貓一定會現身，就跟前一天一樣。他們又等了一陣子。瑪姬望著佛瑞德，他疑惑地看了她一眼。還是連影子也沒有。瑪姬把手指放在唇邊，悄悄靠近樹木，她的靴子踩在厚實的冰雪上。

她再走近一點，往樹幹裡張望。

「可是他本來在這裡的。」她瞪著空空的地方，不可置信的說。

「瑪姬，我不能待太久，我得去工作。」佛瑞德說。

「ㄏㄏ好好好。」瑪姬望向小徑兩側，可是哪兒也沒看到那隻貓。「那我可以讓你看一下陷阱嗎？」

佛瑞德看著手錶，有點猶豫。「五分鐘內可以。」他說。「可是五分鐘後我真的得走了。」

「我知道……不會很遠，我保證。」

瑪姬帶路，他們越過糾糾結結的黑莓叢和濃密的灌木叢，跨過盤根錯節的倒塌樹木。

「ㄎ看！你看！我沒有騙騙騙人。」她指著染血的雪地還有生鏽的陷阱。陷阱還在原地，就像一個被棄置的奇怪的煎鍋。瑪姬不禁發抖，她想起那隻貓的腳掌如何腫成一團，還有他尖銳的痛楚。

佛瑞德蹲下來查看。「我簡直不敢相信。」他驚訝的說。「這是舊式陷阱，它們不合法，已經被列為不合法很多年了啊，謝天謝地。」他很小心地把陷阱翻面。「殘忍的像地獄一樣。天知道誰會在這裡放這種陷阱。」他環顧四周，隨即注意到被丟在一邊的大剪刀。瑪姬跟隨他的視線。

「噢，你的剪刀！最後我沒用到。」她講話的聲音愈來愈弱。「佛瑞德，對對—對不起。」

佛瑞德站起來，拍了拍膝蓋。「沒關係。」他說。他撿起園藝剪刀，沉默了一會兒。

「瑪姬，我沒生氣。」他說。「你顯然解救了某個可憐的生命，我很高興你這樣做了。牠很可能是農場的野貓。查理．提姆布利爾的農場裡到處都是，他的農場離這裡也不遠。所以有可能是他的貓，希望那隻貓已經安全回去了。」

瑪姬把手插進口袋裡。「我知道自自自己看看到了什麼，佛瑞德。我跟你保保保證，他太大了，不是農農農——」她停下來，更換成另一種說法。「不是查理．提姆布利爾家的貓。」

佛瑞德把手放在她肩膀上。他殷切地看著她，淡藍色的雙眼在冷空氣中顯得水汪汪。「瑪姬，康沃爾郡沒有豹。事情就是這麼一回事。來吧，我們把這個東西丟掉，我得去工作了。」

他們沉默地走回屋子，瑪姬無精打采的微微拖著腳步。佛瑞德好像對自己的想法確信不疑，她開始思考他會不會是對的。可是那隻貓藍灰色的眼睛、他的斑紋、尾巴、腳掌的大小，都阻止她去相信佛瑞德的說法。她知道自己看見了什麼。

他們回到屋裡，瑪姬到廚房幫自己倒了一些穀片。她不想承認，在闖空門事件後，她其實不喜歡自己待在家。而且她也需要這個空間，讓她可以思考那隻貓的事，也可以做一點調查。

「我把家裡所有的門窗都鎖好了。」佛瑞德準備出門的時候說。「這樣可以嗎？」

「可以。」瑪姬說。「反正我也有很多事情要做。我不希望學校的功課進度落後，讓爸爸找到任何理由。」這部分倒也不假。佛瑞德點點頭，揮手跟她道別。

瑪姬一聽見佛瑞德的荒原路華開出車道，就趕緊吃光碗裡的東西，跑進起居室。今天灰濛濛的，起居室也光線昏暗。她打開幾盞燈，走到佛瑞德書桌後的那一面書櫥邊。書架堆得滿滿的，全是關於自然、樹木與鳥類的書，還有一些關於航空與第一次世界大戰的書。

瑪姬停了一下，她突然想起佛瑞德跟爸爸的爭執。他們不是隸屬於同一陣營的嗎？為什麼會吵架吵這麼久呢？不過這個時候她瞧見書架上滿是灰塵的大英百科全書，思緒就被引開了。她跪了下來，用手指拂過斑駁的黑色書背。「L–L–L，」她喃喃自語。她按照字母順序翻過頁面。「在這裡。」她的眼睛掃過底下的說明。

Leopard 豹（Panthera pardus），亦名 panther，獅子、老虎、獵豹的近親。

Leopard 這個名稱最初是給現在名為 cheetah 的貓科動物〈就是獵豹〉——它曾經被認為是獅子和豹混血產生的物種……

瑪姬焦急的閱讀內文。那隻貓的毛皮不是黃色，也跟書上的圖長得不一樣。尾巴不同，身形也更瘦。不過其他部分似乎沒錯……小小的圓形耳朵，還有頭部的形狀。總之，並不一致。她繼續閱讀。

獅子、老虎與獵豹也都是貓科豹屬動物。雪豹、豹貓與雲豹雖然名字中有豹這個字，卻隸屬於不同屬的動物。

「不同屬」是什麼意思？「雪豹」又是什麼？瑪姬心跳加快。

雪豹，大型長尾亞洲貓，分類學名為 Panthera uncia 或是 uncia。牠柔軟的毛皮由濃密的內裡與厚實的外皮組成，身體呈淺灰色，身上有深色玫瑰花紋，還有一條深色條紋沿著脊椎生長。雪豹的腹部都是奶油色，長度可達七英尺，長尾巴就佔了三英尺。

淺灰色毛皮！三英尺長的尾巴！為了確認，瑪姬重讀了兩次這段敘述，便堅決的闔上書本。**他是雪豹**。

她充滿信心。她就知道他才不是農場的貓咧。她快速把百科全書放回去，就去搜尋佛瑞德的冰櫃。她要再試一次，不過這次她得帶更多食物去。

冰櫃是新的，佛瑞德相當自豪。瑪姬打開蓋子。她在各種標示著馬鈴薯泥與農家餡餅的保鮮盒間，發現了上面標示了牛排的容器。大片大片結實的肉擠滿玻璃容器。不理想，不過值得一試。

瑪姬把容器夾在一隻手臂下，抓起外套和靴子，就衝出門。她沿著森林小徑走到一半時，某個不太尋常的東西吸引了她的眼角餘光。雪白與大地棕的雪地上，襯著某個亮藍色的東西，她停下腳步，更仔細地看了看。那些是寶石嗎？綠松石寶石？瑪姬跪下來，把一堆樹枝和溼答答覆蓋著冰雪的葉子翻開。寶石黏在某種動物項圈上，邊緣被扯裂了。

「**朗帕斯**，」瑪姬輕聲說，摸了摸那塊雕刻了名字的名牌。她露出了微笑。「你叫朗帕斯。」

Chapter 20

她在一旁帶來的溫度讓他感覺很好。

剛進入森林裡的頭幾天，朗帕斯不怎麼費力，就一跛一跛地走。低溫完全不成問題，他舒舒服服睡在空心的老橡樹裡，可是要捕捉到食物就很困難。松鼠們三兩下就跳到他的勢力範圍外，兔子們幾乎不在地面上現身。他的腳掌還是很痛，阻礙了行動，不論他多麼竭力嘗試蹲低身子，或是悄悄潛行都一樣。儘管朗帕斯十分努力，對這個地方他還是有很多需要學習的事，這裡的一切都與他在寵物王國理解的截然不同。

星期二早晨，朗帕斯正要回到空心樹椿時，聞到女孩的氣味，也聽見她的聲音。一個白頭髮的男人跟她一道。朗帕斯小心翼翼，他躲起來，從一段距離外觀察他們，直到他們離開為止。現在她又回來了。

他從鄰近一棵紫杉的枝枒上觀察，她走入空地，在離老橡樹底部不遠處放下一個碗，接著就走到一旁，坐在她前一天坐的同一個位置。朗帕斯左右擺動尾巴尖端。他張大鼻孔，那個味道很吸引他。是肉，紅肉。總算等到肉丸了嗎？他從樹上溜下去，悄悄靠近了一點。味道更明顯了。他不確定自己該不該現身，可是很快就發現自己根本無法抵抗。灌木叢搖晃了一下，他一跛一跛地往前走。

他湊近碗聞了一下味道，就狼吞虎嚥地吃掉那些又冰又硬的厚片牛排，每一片肉排，吃起來都像耐嚼的冰塊。吃完以後，他還把碗也舔乾淨，直到碗裡連渣渣都不剩。

女孩始終安安靜靜待在她的位置。從頭到尾都很安靜。朗帕斯研究著她。她坐的姿勢、溫和的嘴角、肩膀的形狀、她的凝視。

他大膽地緩緩走向她。女孩依舊保持不動。他又再靠近一點點，直到他近到能夠感覺到她全部的存在。他挨向她，嗅嗅她的手套外緣。他向前搧動鬍鬚，也張開鼻孔，吸入她的氣味後，才把身體拉回來。她緊張到全身顫抖。他又再往後退一點，繞著她打轉。她沒有移動。

他聞到潮濕的羊毛、肥皂，人類皮膚的氣味。朗帕斯再次感受到一段遙遠的記憶在體內擾動，比寵物王國更久遠，那時候，溫柔的雙手抱著他、餵養他。

他又繞回來，面對著她。女孩的雙眼靈動又明亮，卻非常柔和。她不會傷害他，他現在已經可以確定了。他環顧空地四周，舔舔自己的嘴角，再一跛一跛走向她。接著，朗帕斯躺了下來，很靠近女孩，卻沒碰到她。他的腳掌陣陣抽痛著，她在一旁帶來的溫度讓他感覺很好。天空開始飄落輕柔的雪花。

過了一會兒，女孩拿掉一隻指連手套，伸出一隻小巧、光溜溜的手。

Chapter 21

如果有其他人看見他該怎麼辦？

瑪姬既驚訝又害怕，卻伸出一隻手觸摸他。細緻的雪花從天空中飄落，落在他銀灰色的毛皮上。慢慢地……她慢慢地把光溜溜的手掌放在他又厚又軟的毛皮上。他的毛比瑪姬能想像得到的任何東西都更蓬鬆、更柔軟。

「能再見到你真好，朗帕斯。」她喃喃低語，心雀躍地怦怦直跳。

她很想靠近一點，查看一下他受傷的腳掌，可是又不敢嚇跑他。於是瑪姬只是坐在那兒，被周圍的森林環繞，感受天空飄落的雪花，讚嘆著他奇妙的存在。

朗帕斯放鬆下來。他伸展後腿，打了個呵欠，皺起鼻子，縮回粉色的舌頭。瑪姬盯著他的牙齒看，它們潔白、彎曲又銳利。她再次感受到一陣原始的悸動，一種潛藏在好幾千年以來人類基因底下的恐懼。這隻生物是野生的掠食者。然而……她發現自己一點也不想離開他。永遠。

「你是從哪裡來的呢……」她靜靜地說。「你是怎麼到這裡……到威達克森林來的？我把你的事情告訴佛瑞德了。」她繼續說道。「可是他不相信我。他認為你是農場的貓。」瑪姬盯著朗帕斯看，他正在舔自己沒受傷的腳掌，把這隻腳掌掛在頭的一側，一邊搓揉、壓一壓一隻耳朵，一邊清洗自己的臉。「我知道你不是。」她停頓了一下。「你是雪豹。」

瑪姬覺得自己可能會不由自主地大笑起來，又哭又笑。雪豹。這兩個字簡直讓人無法置信。

朗帕斯梳理完自己，就翻滾成側躺的姿勢。然後把腳掌伸向空中，揮打著落下的雪。先是一片雪花，接著再拍擊另一片。他擺動尾巴。接著再次用沒受傷的腳掌觸擊空氣，彷彿要把冷空氣舀起來似的。他想要玩嗎？瑪姬大笑。他在玩耶！他扭來扭去，又翻滾到另一側。接著，他輕拍她的手臂，用爪子拉扯瑪姬的袖子，故意逗她，故意挑戰她。瑪姬逗著他玩，拉回自己的手臂，可是他的腳掌滑了一下，瑪姬感覺到他尖銳的爪子刮了自己一下。「唉唷！」她驚呼。「你的爪子好銳利！」她的手腕出現一道淺淺的深粉色的傷痕。瑪姬繼續逗他玩，不過也重新戴上自己的手套。

突然，他們身邊的鳥兒爆出一陣嘰嘰喳喳的叫聲。朗帕斯趕忙起身，他警覺地掀了掀鼻孔、豎起耳朵，環視身旁的樹木。

瑪姬僵住了。

她做了什麼？

在她弄清楚之前，朗帕斯已經一拐一拐地離開了。

然後他就消失了。

「朗帕斯？」她並不明白發生了什麼事。不過幾分鐘後，她聽見引擎發出轟隆隆的聲音。她的腦海突然閃過一個冰冷的新念頭：如果有其他人看見他該怎麼辦？他們會怎麼對他？他是雪豹欸。豹子不該自由自在地在鄉間遊走……他會被關進籠子裡。或是出現更糟糕的狀況。

在那瞬間，瑪姬想起自己在動物園看過的老虎那種銳利的目光，他眼底的情感。也許朗帕斯之前也被關在籠子過，他說不定是從動物園逃脫，或是從某個恐怖的馬戲團逃離。不論是哪種狀況，他的處境都不安全。瑪姬連忙起身。

「快躲起來，」她著急地低聲說道。「要躲好喔。」

等佛瑞德到家時，瑪姬還在努力完成數學作業。她解一道題已經解了好幾個小時，還是沒有完全解開。她的思緒不斷繞回朗帕斯身上，一直很難專心做其他的事。

「嗨，瑪姬！」佛瑞德說，一邊脫掉外套、放下包包。他對瑪姬微笑。「我絕對需要來杯茶。你也要喝杯茶嗎？」他拿出一個上面有知更鳥圖案的馬克杯。

「嗨，佛瑞德。」瑪姬說。「不用，謝謝。」

「一切都還好嗎？你看起來有點……心煩？」

「沒事，一切都還好。」她闔上書本。繼續嘗試解題已經沒有意義了。「我有一個問—問問—問題要問你。」

「說吧。」

「我……如果，如果那隻貓不不不不是農場的貓，或者我們就當作他真的是某某—某種豹子好了，其他人會對他怎麼樣，我是說，如果他們發發發發現他的話？」

「瑪姬，親愛的……」佛瑞德嘆了一口氣。接著，他打開水龍頭，把舊的銀色水壺裝滿水。「首先，他是農場的貓沒錯。」他溫柔的說。「一隻非常大、非常狂野、非常毛茸茸的農場貓咪。其次，如果他不是的話，那威達克森林對他來說就不是合適的家了。我真的沒辦法確定會發生什麼事。」他緊緊蓋上蓋子。「如果他被送到動物園，就算他幸運。當然也要看他被送到哪所動物園，不過他很可能會被送過去就是了。」

「對對－對。」瑪姬說。她感覺胸口一緊。

佛瑞德望著她。「你確定你還好嗎？」

瑪姬點點頭。她的念頭一個接著一個湧現。她不希望朗帕斯被關起來。她也不想承認佛瑞德說的可能是對的，這座森林對朗帕斯來說，不是適合的家。

「那好吧。」他說，不太相信的樣子。「還有，你媽媽今天打電話給我。她想告訴你……你所有的寵物們都過得很好。」他把一個茶包丟進馬克杯裡。「她甚至把威明頓，不對，是威靈頓，從盒子裡放出來，讓他待在她膝蓋上。或者至少她是這麼說的。」

瑪姬想像威靈頓小小的粉紅鼻子、鬍鬚抽動的模樣，突然湧起一陣思念的痛楚。她想念他們全部。

水壺的響笛發出聲音。「顯然他們都很想念你。不過她聽到你常常出去真的很高興，當然，還有你的課業進度也都沒有落後。」

「那－」瑪姬話講到一半就停下來，「我ㄅㄅ－爸－爸爸爸－」卡頓。她的頭往後仰，開始不斷前後抽動。「爸—爸—爸—爸—爸—」她停下來，試著不要再說這個字，等待口吃的狀況停止。她的頭暈暈的，好像就快要昏倒了。

佛瑞德安靜了一會兒。

「我們沒怎麼聊到你爸爸。」他說。「雖然你媽媽有提到，他們準備要找一間機構什麼的吧。」佛瑞德停下來。他似乎不確定自己該不該把話講完。「你為什麼不寫信給她呢？」他說。「告訴她你都在做些什麼？她一定很想念你。天曉得，我是很想念她啦。」

瑪姬張開嘴巴，接著又閉上嘴，什麼話也沒說。她實在太擔心朗帕斯了，擔心到幾乎忘掉顧蘭村的事了。她的思緒一下子都湧上來，頭暈得讓她覺得地板在傾斜，自己隨時有可能滑向一旁。她已經離家快一週了，她口吃的狀況顯然沒變。一點也沒變。

「來吧。」佛瑞德說。他仔細觀察她。瑪姬看不出他在想什麼，可是佛瑞德望著她的目光充滿善意，讓她的心情稍微穩定了一些。「我們吃點點心吧，然後我想讓你看一個東西。是我的驕傲和樂趣，我一生成就的巔峰。」——他誇張的鞠躬敬禮——「我自己的、就快完工的……嗯，已完工狀態啦，翅膀神作。」

「ㄏㄠ－好－好呀。」瑪姬喃喃自語的說。

等他們走到室外，下午的陽光早已消失無蹤。雪停了，不過空氣依然冷冽刺骨。瑪姬對能夠分散注意力想想別的事心懷感激。佛瑞德推開沉重的木門，小心穿過地上成堆的箱子和七零八落的廢金屬堆。「小心不要絆倒喔。」他說。「往這邊，到這裡來。」他推開一塊放在另一端牆邊的寬板條鑲板，瑪姬以前沒發現那個東西。鑲板後出現一條狹長的空間，某種密室。密室中央立著某個巨大的物件，上頭蓋著防水布，角度相當奇特，弧線也非常不可思議。

「瑪姬，你拉住那一邊。好，現在往後拉。來囉！」

瑪姬揚起眉毛，她既驚訝，又開心。

這輛獨特的裝置說是飛天車，好像更像是三輪車、老式四輪馬車，還有某種火箭的組合，再加上拼布製成的銀色翅膀。

佛瑞德打開馬車側門，示意瑪姬坐上車。

「要不要開開看？」他搖晃著一把銀色大鑰匙說。

「我很樂意。」瑪姬爬進車裡。佛瑞德第一次提起飛天車時，她其實不太相信他的話。可是它就在這裡，多麼令人驚奇，混合了鋼鐵、皮革與拋光的木頭。瑪姬從來不曾搭過飛機，只在雜誌上看過它們的照片。「它真的會飛嗎？」

佛瑞德露出微笑，把鑰匙插進啟動器。碰的一聲還有一陣火星出現，引擎轟隆隆地啟動了。

「也許會喔。」佛瑞德大笑。「將來有一天。」

Chapter 22

遠方的槍聲迴盪在柔軟的森林空氣裡。

從一棵老山毛櫸高處的枝頭間，朗帕斯深深地吸入一口森林的氣息。空氣非常涼爽，帶著剛下過雪的味道。他聆聽著窸窸窣窣、吱吱啾啾，還有嘎吱嘎吱的聲音，雙耳時而抽動，時而轉動。他觀看著、嗅聞著，所有的感官始終保持警戒。這時候，他捕捉到些許碳在焚燒的氣味，接著是轟隆隆的引擎聲。幾分鐘後，一輛輪子很大的敞篷卡車沿著一條粗糙的路軌顛著駛過來，就停在距離他躺臥處不遠的地方。幾天前他也見過同一輛車，所以立刻就認出來了。

「我要你們盡快開始。」一個高高瘦瘦的男人踏出車外、甩上車門說。他窄窄的肩膀往前拱。「鎮上的人也同意了。我已經打點好那個荒謬的委員會，還有那個瘋瘋癲癲的醫師藏起來有的沒有的『證據』。」

「佛伊勛爵，太好了。工班禮拜一就可以動工，我們已經準備好了。」第二個人下車，手上還拿著一個長長的紙筒。他呼出的氣息在冷空氣中化為煙霧。他打開地圖，把地圖攤在卡車的引擎蓋上。「我們從森林西南邊開始，每次推進一公頃。有些地方會比較好清除，有些地方會比較難，不過我們已經做好萬全的準備。依我估算，到春天快結束時，我們就會清空整片森林了。」

「非常好。現在我們走走吧。我要看看你究竟打算從哪裡動工。」那個高又瘦的男人繞到卡車後座，拿出一把大獵槍。

「當然沒問題。可是我，呃，我不認為你會需要帶你的槍，先生。」

「我一向都帶著我的槍。」

另一個男人搖搖頭笑了，然後他們離開往西走進森林，消失在一叢被冰雪覆蓋的樹枝下。朗帕斯望著他們離開，他的耳朵向前豎但沒有動，直到他們的聲音再也聽不見為止。

他坐起來，嗅聞了一下空氣。他看著底下的卡車，值得冒險進去看看，因為他們說不定在車上留了什麼可以吃的東西。他從樹上跳下去，笨拙地降落，痛得抽搐。他腳掌的痛感沿著整條腿往上竄，使他一時間動彈不得。他的腳傷沒有好轉。事實上，他痛得更厲害了。

卡車裡的味道很有意思。有些味道很熟悉，有些他從來沒聞過，可是所有的味道都引起他的好奇。朗帕斯先聞聞輪胎，再聞聞沒有頂棚的後座。汽油、泥巴、化學物質、刺鼻又難聞的殺蟲劑——他皺起臉——牛糞、狗的口水、乾掉的血，還有什麼他不確定的味道。接下來，是羽毛味，雉雞的羽毛！他笨拙地跳到敞篷後座，繼續探索那些混合的氣味，他瞧了瞧一條舊毛毯底下，推開一盒獵槍的彈匣，還有一些釣竿和電線。這裡之前有雉雞，朗帕斯聞得到牠們的味道，可是牠們現在已經不在這裡了。他正準備要查看一下駕駛座時，身子突然僵住。

轟！

碰碰！

轟！

遠方的槍聲迴盪在柔軟的森林空氣裡。

朗帕斯跳下車，沿著粗糙的林道邊緣一跛一跛往前走。他的腳掌在雪堆上打滑，尾巴左右搖擺。跛腳時試圖奔跑其實很不容易，不過他一發現自己有辦法快速移動，便用爪子抓住樹幹，爬上一棵又高又粗的白蠟樹。

不久以後，他聽見那兩個男人回來了，他們的腳步聲重重迴響在灌木叢間，接著是鑰匙叮叮噹噹響的聲音，還有引擎點燃的火星。卡車掉頭，循原路往回開，他等待著，觀望著。他的鼻孔裡充斥著一種奇怪的熟悉氣味。朗帕斯抬起頭。卡車顛簸著開走了。

有那麼一瞬間，他瞥見某個東西，有隻動物跌在一旁。黑白條紋臉龐，是那隻獾。她的肩膀紅紅的，冒出血來。

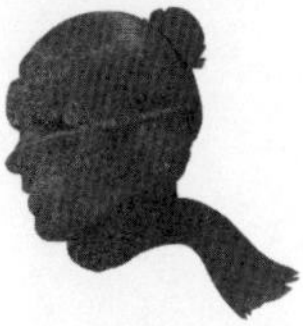

Chapter 23

瑪姬到底還能隱藏朗帕斯這個祕密多久？

星期五，一九六三年三月

親愛的媽媽：

你說得對極了！康沃爾郡是個神奇的地方。我原本以為自己不會喜歡這裡，但是我真的好喜歡！非常喜歡。你一定很愛在這裡長大的時光吧……蓋洞穴、採黑莓、光著腳丫，在大地上奔跑。我無法想像夏天這裡又會是什麼模樣。我喜歡威達克森林，每天都會去。而且佛瑞德很好，就跟你保證的一樣。你一定很想念他吧，就跟我想念你一樣。我真的想你，很想念你。我每天晚上都會看你放在我包包裡的照片，這樣讓我感覺離你更近一點。那張照片是什麼時候拍的呀？看起來好像在海邊。離這裡近嗎？真希望康沃爾郡離我們家近一點，這樣我們就可以一起回來了。

我們以後可以找一天一起回來嗎？我好想念威靈頓、笛子、夏綠蒂，還有其他寵物們。他們真的沒事嗎？謝謝你照顧他們。（希望你不會太介意我偷偷把颶風和戰鬥機放進口袋裡帶來。）

昨天佛瑞德帶我去他的工作室，讓我看了他最愛的發明。你以前從來沒告訴過我他是發明家！他稱那個發明為他的翅膀神作——他講那個詞的發音實在是太好笑了。我們把它帶出去「開開看」，雖然它不如佛瑞德盼望的，像飛機一樣飛起來就是了。他想載我們下山，好像認為只要速度夠快，就有可能飛起來，可是地上到處都結冰，輪子一直打滑。我有點怕我們會發生事故，不過沒有。

你那邊的雪融化了嗎？這裡的雪稍稍開始融化了，不過天氣依舊很冷。儘管如此，我還是很喜歡到戶外去。我從來沒到過任何像威達克這樣的地方，當然啦，書裡看到的除外。這裡讓我感覺……好神奇。我沒辦法真的用文字形容這一切……有一棵很美的老樹，空心的樹。我知道這樣講聽起來很傻，不過我覺得它在對我說話……佛瑞德告訴我：地主準備要砍掉整片森林，這樣他就可以開採銅礦。我實在無法忍受發生那樣的事情。佛瑞德試圖阻止這件事，不過好像沒那麼容易。

我還會在這裡待多久呢？你和爸爸不久就會來探望我們嗎？佛瑞德一定很想見

到你。媽媽，他也很想你，我知道。

我很快會再寫信給你。我好愛你！

瑪姬

星期五晚上，瑪姬坐在佛瑞德的書桌前，手裡握著他的鋼筆。她停頓了一會兒。現在她跟佛瑞德已經變熟了，就很難忍受無法見到他。她又想起佛瑞德和爸爸那場可怕的爭吵，媽媽被夾在中間一定很難過。這時候，她腦海裡浮現爸爸在媽媽背後讀著信的模樣。她可以想像他搖著頭，把領帶拉得又直又緊的模樣。

如果你待在那裡的那段時間內，最後口吃的狀況都沒有改善的話，你就到顧蘭村去接受治療。

瑪姬用力嚥下口水，試著趕走身體裡的恐慌，那種恐慌就彷彿在胃裡頭有一袋子亂竄的飛蛾。她迅速補充了。

PS：你說對了！關於這裡的空氣的看法。你可以告訴爸爸我已經好多了。事實上，我幾乎不會再口吃了。告訴他不必再煩惱顧蘭村的事，我不需要去。真的，我的聲音已經進步很多很多。而且我每天都有做學校的功課喔。

瑪姬摺好那張平整的藍色信紙，把信紙裝進配套的信封。她寫上媽媽的名字和地址。艾弗琳．史帝芬斯，倫敦梅斯利街一四三號。墨水很容易就透過柔軟又平滑的紙面。

要是話語也能那樣簡簡單單跑出來就好了，瑪姬心想。

瑪姬把信封握在手上看了一會兒。她的口吃問題其實並沒有好轉。她不想承認這一點，可是也不想說謊。她強迫自己別去想這件事，可是心裡並沒有比較好過。沒告訴媽媽朗帕斯的事也不算誠實。可是如果她知道了，會怎麼做呢？她只會打電話給佛瑞德，然後佛瑞德會告訴她……他是農場的貓，不必擔心。可是他根本就不是農場的貓……**他是雪豹，雪豹又不屬於康沃爾郡的森林**。瑪姬到底還能隱藏朗帕斯這個祕密多久？佛瑞德如果知道實情，會怎麼做呢？**他能怎麼做？**

瑪姬從書桌後面站起來。她信任佛瑞德。如果有誰有能力幫助她弄清楚該怎麼做，這個人一定是佛瑞德。她會試著再跟他談一次。可是她正準備收拾文具時，卻不小心撞翻墨水。墨水灑到桌上，還噴濺到信封上。「不要！」她大喊，試圖抹掉墨水。她流暢清晰的字跡立刻糊成一片。瑪姬用力眨眼。現在一切都毀了。亂七八糟，無法理解。就跟她一樣。

她用一條手帕擦掉最糟糕的地方，就走進廚房。佛瑞德坐在桌前，被一堆翅膀神作的速寫與圖表包圍，正在自言自語。

「如果速度達到……不……不行，推進力不夠……」

「ㄏㄏ—嗨，佛瑞德。」

「嗨，瑪姬。」他從半圓形的眼鏡後面往上看。「你已經寫好信了嗎？」

她點點頭。「ㄎㄎ—可是我不不—不不小心把地址弄糊了。你還有另一個信信—封嗎？」她問，感覺自己的臉頰因為尷尬而變紅。

「別擔心，」他說，從瑪姬手裡把信接過去，把信翻來翻去。「還是看得出上面寫什麼，那才重要。」他看著她，停頓了一下。接著，佛瑞德拿掉眼鏡。「瑪姬，你知道嗎，」他溫和的說，「你**寫了什麼**比你是怎麼寫更重要。」他把信還給瑪姬。「不過我倒不確定我有沒有郵票。你可以到我書桌右上邊的抽屜去看一下，如果沒有，你就得跑一趟郵局了。」他瞥了一眼牆上的時鐘。「不過現在時間已經有點晚了，你可以禮拜一早上再去？」

「噢，」瑪姬說。「好吧。」一想到必須跟店員或任何陌生人講話，瑪姬就渾身不舒服，不過她不想承認。她試圖趕走這種想法。「佛瑞德，還有另一件事……」

她猶豫了。佛瑞德用期待的眼神看著她。

「我真的需要跟你談談。再再再—再談一次。」

「說吧。」

「是關於那隻ㄇㄇㄇ—貓貓貓。」

佛瑞德臉上的表情動搖了一下。「噢，瑪姬。」他說。他從桌子後方站了起來，走向水槽。

「他不是ㄧㄧㄧˇせㄧˇせ—生的農場貓咪，佛瑞德。我查過資料了。」

「聽我說，瑪姬，我不想讓你難過……我真的不想，不過你畢竟是城市女孩，英格蘭鄉間根本就沒有豹子，就是沒有。」

「佛瑞德，**他是—是是—是—是—是—雪豹**。我很確定。」

佛瑞德關掉水龍頭，轉過身來。他看起來似乎要笑出來了。瑪姬實在無法忍受。她感覺自己胸口一緊。

「我不是在—在—開開—玩玩—玩笑。」她說。

「抱歉。」佛瑞德說，他留意到瑪姬臉上痛苦的表情。他把水壺留在水槽邊，走向瑪姬。「不過你得相信我啊。」他說，把瑪姬的臉捧在手裡。「雪豹生活在遙遠的中國和蒙古邊境，不在康沃爾郡的村莊。他是老提姆・布利爾農場的野生虎斑貓。虎斑貓很漂亮，牠們身上有各式各樣非比尋常的花紋、斑點與條紋，我一點也不懷疑牠看起來可能有點像豹子。」他比剛才更嚴肅的說。「聽我說，我知道你很想念你的動物們。你媽媽有告訴我牠們對你意義非凡。而且我並不是不相信你，我真的相信你。可是親愛的，我已經在這裡住了一輩子了，我對威達克的了解，就跟了解自己的手心手背差不多，這件事你得放手才行。」

瑪姬點點頭。佛瑞德沒有真的聽懂她的話。她感覺自己眼睛熱熱的，在那可怕的瞬間，她覺得自己就要哭出來了。

Chapter 24

朗帕斯在不安又十分痛苦的睡眠中，忽睡忽醒。

朗帕斯感覺自己心力交瘁。他腳掌的傷勢惡化了。變得更糟了。柔軟的黑色肉墊腫脹抽痛，不論他多麼努力保持乾淨，深黃色的膿還是從傷口深處滲出來。不小心把重心放在這隻腳掌上就讓他痛得不得了，而且從空心樹樁爬進爬出也變得愈來愈困難。

天色漸暗，朗帕斯一瘸一拐地緩緩踅向小溪邊。他非常口渴，寒冷乾燥的空氣也沒讓他感覺好一點。距離森林邊緣不遠處，他步出灌木叢，踏上一條森林小徑。朗帕斯沒有預料到會見到一位老婦人帶著一隻小狗出門散步。老婦人也沒預期會見到他。他們目光交會了那麼一瞬，她就放聲尖叫，狗兒也開始吠叫。

朗帕斯轉身，用他最快的速度一瘸一拐地走回樹林的掩護。他完全沒停下來，直到回到那棵老橡樹邊為止。他的腳掌無法克制地顫抖，整條腿和肩膀都痛得不得了。風在樹林間呼嘯，他頭頂的老樹枝左右晃動。朗帕斯不明白剛才發生了什麼事，也想不通那個女人為什麼要那樣大聲尖叫。這個地方有許多他不明白的地方。他轉身舔舔腳掌。奔跑這麼久真的太費力了。朗帕斯覺得有些事情很不對勁。

月亮升起，可是被雲籠罩，邊緣模模糊糊的，夜幕降臨在威達克森林，朗帕斯在不安又十分痛苦的睡眠中，忽睡忽醒，斷斷續續。

Chapter 25

朗帕斯，你和我……我們這一點都一樣。

星期一早上，瑪姬不情不願地走向郵局。她把羊毛帽拉下來蓋住耳朵，努力讓自己的雙腳往前移動。她感覺胃部緊縮，焦慮感陣陣襲來，彷彿玻璃碎片那樣尖銳。她不想冒險跟陌生人講話，可是同時又真的非常盼望媽媽能接到自己的信，讓她知道自己非常想念她、迫不及待想要見到她。

她頭低低地繼續往前走。空氣冷冽，她呼出的氣息都化為長長的白煙。寒流總算慢慢遠離，可是天氣依舊酷寒。一陣細雨夾雜著薄霧，就像佛瑞德警告過的天氣——康沃爾郡的「雨霧」——霧氣與滴個不停的細雨混合在一起。

郵局是一幢尖頂屋頂的石頭建築。瑪姬想伸出手推開門，卻有點猶豫，不確定自己有沒有辦法真的跨出腳步走進去。她握住門把，隨即又放開了。

也許她應該直接回家，拜託佛瑞德之後再幫她寄信。對呀，何不這樣做呢？她準備轉身，卻想起媽媽的臉龐，她收到信會有多開心，她會很快就撕開信，就坐在餐桌開始讀信。瑪姬嘆了一口氣，又長又深的吐氣。「來吧，」她輕聲說。她再次握住門把。「來吧。」

門打開時，小鈴鐺叮叮作響。郵局內光線昏暗，有點凌亂，牆上灰撲撲的，架子上滿是文具用品、紙張、雜誌，還有一排又一排褪色的明信片。前方有一座窄窄的櫃台，兩側堆著許多玻璃罐，罐子裡裝著半便士就可以買到的甜食和巧克力棒。

「早安。」櫃台後的女人說。她的灰色短髮捲捲的，臉色十分紅潤。

瑪姬點點頭，露出了微笑。她滿心期待，胸口為之一緊。有那麼一瞬間，她很想轉過身去，趕快跑出去。

「我想要一張郵郵郵—郵—」她停了下來。這個詞出不來。噢，拜託。拜託讓她說出來可以嗎？郵票。我想要一張郵票，拜託，寄到倫敦。女人現在盯著她看了。瑪姬感覺有一股熱氣從脖子底部升起，她拉了拉外套上的扣子。

「我想要一張ㄧㄧㄡㄡ—郵郵郵郵—」

「郵票？」女人說，不留情面的插嘴。她的嘴巴向下抿成彆扭的線條。瑪姬感到一陣困窘。她已經經歷過這種瞪視很多很多次了，批評、批判，還有論斷，全部揉合成一個表情。她必須迫使自己的雙腳不離開地面。

「你要郵票嗎？」女人重複。

瑪姬點點頭。她把要寄給媽媽的藍色信封放在櫃台上往前推。

「寄到倫—倫敦，拜託。」瑪姬說。

工作人員迴避她的視線。「平信嗎？」她問。

「ㄕㄕㄕ—是—」瑪姬想要說「是，」可是這個字好像卡住了，不論她多麼努力嘗試，還是沒辦法把字推出去。

「是，」女人說，再次打斷瑪姬的話。「給你。」

瑪姬很不喜歡人家打斷她的話，替她回答。那會讓她感覺更糟。她轉到一旁，假裝對那些舊明信片很感興趣，女人從一個抽屜拉出一張上面有洞洞的郵票。就在那一刻，鈴鐺又叮叮噹噹地響了，一位綁著頭巾的年長女士匆匆忙忙地進來。

「噓，小淘氣，安靜！」女人說，一邊斥責在她腳邊吠叫的臘腸狗。

「早安啊，蘇，我馬上來喔。」櫃台後的女人說。

「你好，檀欣！噢，檀欣，你有聽到那個消息嗎？」蘇氣喘吁吁地說。她繼續講話，彷彿瑪姬不存在。「桃樂絲說她看見一隻**怪物**！就在威達克森林！一隻怪物貓，藍眼睛，長長的牙齒。她說是昨天晚上看到的，黃昏的時候，在她出門遛瑞吉時。還發誓說她說的是真的耶！」

櫃台後的女人把瑪姬的信裝進郵務袋。「總共三先令。」她對瑪姬說，接著她轉向蘇。「你在說什麼呀？什麼怪物？」

瑪姬把手伸進外套口袋翻找零錢。她的手在發抖。她們在談論朗帕斯。她知道。**怪物**？她的心臟敲擊著肋骨，碰碰—碰碰。

蘇繼續說：「桃樂絲早上來過，來喝茶，你也知道她禮拜一都會來我家。她坐下來，拿起巧克力餅乾，不過她根本一口也沒吃，就開口告訴我她有多可憐。她說她需要來杯白蘭地。白蘭地欸！在早上九點！她看起來確實臉色蒼白。所以我就倒了一杯白蘭地給她——不過不是伯納德的收藏裡最好的酒，如果你要問的話——然後她就說了，說她在森林裡看到一隻兇惡的怪物，說怪物是銀色的，爪子很尖，還有一根巨大的長尾巴，說那隻怪物直直衝向她，還說她這輩子從來沒見過任何像那樣的怪物！她差點嚇死！想像一下！而且你知道，她心臟很脆弱。瑞吉顯然抓狂了，一直叫啊叫，差點讓她摔倒。檀欣，你也認識桃樂絲啊，她不是那種亂說謊的人。」女人停下來喘口氣。

瑪姬把三先令丟到櫃台上，就趕快跑出去，門上小鈴鐺在她身後叮叮作響。冷空氣讓她稍微平靜一點，可是她的心臟依舊怦怦跳，她覺得很熱，很不舒服。現在已經有人看到朗帕斯了，整個小鎮的人知道他的存在是遲早的事。

然後呢？

她沒辦法繼續想下去。

等瑪姬走回森林，雨霧已經變成凍雨。她幫朗帕斯擺出餐點，雖然這次只有雞肉，而且分量也不多。佛瑞德的備份冷凍肉已經愈來愈少，瑪姬很擔心他會發現。

朗帕斯慢慢地現身，他的頭剛剛從空心樹樁邊緣探出來。他嗅了嗅空氣，自從瑪姬造訪這裡以來，這是第一次他花了很長時間才爬下來。他跛腳的狀況似乎變得更明顯了。他好像也不餓，只吃了幾片雞肉。瑪姬出聲叫他，他好像比之前更樂意靠過來，或者只是看上去是這樣，反正沒有多久，他就在她身邊躺下來。

瑪姬無法抗拒，她脫下手套，再次輕輕撫摸他。他肚子底下的毛髮比背上銀灰色的毛更輕柔、感覺像鮮奶油般光滑，還夾雜了斑斑點點的淡金色。他是如此溫暖又柔軟。瑪姬往前傾了傾，壓低整個身子，這樣她就可以蜷縮在他身邊，就在森林的地面上。她一點也不覺得地面濕冷。這是她離朗帕斯最近的一次。她把一隻手放在他肋骨側面，感覺他的身體一呼一吸的起伏。他躺著不動。過了一會兒，瑪姬站了起來。

「朗帕斯，」她柔聲說。「你還好嗎？」現在她再回想，覺得他的呼吸確實滿急促的，雖然瑪姬不確定那樣到底算不算正常。她掠過一絲恐懼，總覺得不太對勁。平常的他會玩耍，會揮打瑪姬的圍巾，或是翻滾。她慢慢往旁邊靠近，好跪在他的臉旁邊。

石板藍的眼睛是張開的。看起來非常遙遠。他望著她，可是他的目光似乎很平淡。

「怎麼回事？」她輕聲重複。她靠近他，近到看得見他鼻子上深粉色的污漬、他睫毛上黑色的外緣，還有白鬍鬚的尖端。「你沒辦法告訴我到底怎麼回事，」她小聲說：「對吧？因為你說不出話來。」她把小小的、光溜溜的手放在他臉頰上。「朗帕斯，你和我……我們這一點都一樣。」

一陣風吹過附近的枯樹。空地中央的老橡樹發出吱嘎吱嘎的聲響搖晃著。瑪姬心想：身為人類，有時候確實很不容易。很難被人理解。很難去愛，也很難被愛。

也很難說出你想要說出口的話。

「朗帕斯，如果我有一天能找到自己的聲音。」她輕聲說：「我保證：我一定會幫你講出你想講的話。」

朗帕斯抽動了一下鼻孔。他的呼吸現在聽起來更沉重，更急促了。瑪姬慢慢坐了起來，不想驚嚇到朗帕斯。她伸出手去查看朗帕斯受傷的腳掌。她之前一直沒機會檢查他的傷口，因為他很少這麼安靜過。瑪姬溫柔的舉起他的腿，把腿轉到側面。「噢，朗帕斯，」她說，聲音裡帶著情感。陷阱的鋸齒留下了不規則的傷口，撕裂他柔軟的黑色肉墊。傷口又深又長看起來又腫又痛，上面都是深黃色的膿，骨頭上還有血跡。

瑪姬知道傷口感染如果不及時治療，是有可能危及生命的，尤其是在金屬生鏽的狀況下。可是她不曉得該怎麼幫他做治療，還有傷口可能惡化的速度有多快。就算她告訴佛瑞德，他也相信自己的話，瑪姬也不確定接下來會發生什麼事。佛瑞德已經講過了，如果朗帕斯幸運的話，可能會被送去動物園。郵局的那個女人說朗帕斯是怪物，其他人一定會去抓他。獵人那些的。她根本不可能這樣帶他逃走。何況她根本沒地方可帶他去啊。他顯然需要幫忙，而且情況非常迫切。

現在該怎麼辦？

瑪姬脫掉靴子和襪子。不穿鞋子時，她總是感覺頭腦比較清醒。刺骨的冷刺痛她的皮膚，不過光著腳丫走在森林裡，帶來奇妙的刺激，她感覺到尖銳的樹枝，踩在冰凍的落葉與結冰的泥土的啪噠聲，刺激她的感官與觸覺。瑪姬走到老橡樹邊，在古老交纏的樹根之間坐了下來。

「現在該怎麼辦？」她大聲說出口，把每個字拋進空氣中，如同摺好的紙鶴，希望它能飛走，希望某個人，或者某個東西會接住它並做出回應。

她在那裡坐了一會兒，在冰冷、粗糙的樹皮上蜷起自己的腳趾。她的皮膚觸碰著樹皮。瑪姬盼望著。

沒人回應。瑪姬沒聽到聲音。她沒「聽見」任何動靜，但卻發生了其他的事。慢慢地，一點一點，一種能量滲進她的腳跟，逐漸擴散，蔓延到整個身體，既往外擴張也向內流動，連根部和血管的尖端都感受到它的湧動。她脊椎和脖頸似乎都微微發麻。她感到整個頭頂往上揚起，伴隨一種奇妙的存在感，這種感覺讓她與身體以外的整個世界相連，她與森林不再相互分離，她就是森林的一部分。在那一刻，瑪姬明白了一件事——不是通過語言傳遞訊息的方式，而是透過本能、直覺傳遞過來。

森林可以幫忙。

瑪姬用力閉上雙眼。再張開雙眼時，她覺得所有的一切似乎都變得更加明亮了。她站起來，走回朗帕斯身邊。她在他身邊跪了幾分鐘，溫柔地輕撫他的臉頰。

「有個辦法可以治療你的腳掌。」她說。「我還不確定究竟要怎麼做，不過我有個想法。」

朗帕斯把頭抬起來一會兒，隨即又躺下。「來嘛，」瑪姬鼓勵他。「你不能一直像這樣待在外面，這樣不安全。」她哄他起身，帶他慢慢走回空心樹樁。他掙扎著站上其中一根低垂的樹枝，爬了進去。「別被看見。」瑪姬輕聲說。「我很快就回來。」她望著底下的朗帕斯，他把身子縮得緊緊的。他突然看起來很小。而且是這麼格格不入。

瑪姬穿回靴子，她的腳冷冰冰又髒兮兮，鞋底黏了一根根細小的樹枝還有泥濘的葉子，還有一些跑進她的靴子裡。瑪姬不在意。她在蒼白的晨光裡，在林間奔跑，一路跑回小屋。她需要答案，而且要快。

當她奔跑時，並沒有留意到腳下微微的震動，也沒察覺森林遠處升起的灰色煙霧像絲帶般飄入空中。

Chapter 26

她的聲音令人安心，她的氣味讓人感到安慰。

女孩的氣味非常柔軟。另外還有別的。很刺鼻。微弱但錯不了。也許是機器。

「朗帕斯！」

他張開眼睛。

她正在呼喚他，現在走近了一點。他認得她靴子震動的輕重，她獨特的腳步。可是他沒力氣坐起來。她很靠近，非常靠近。他稍微轉頭，看見她小巧的粉紅色手指握住樹樁邊緣。然後她的頭出現了，棕色的眼睛非常溫柔。

「朗帕斯，」她說。「我整個早上都在看書。佛瑞德有好多好多書，關於自然的、森林的，還有植物的書。威達克這裡就有植物能幫助你，藥草植物。很神奇喔，這座森林很神奇。我現在就去找一些來。我會盡快回來。」

他不懂她說的話，也不懂她發出的聲音是什麼意思，可是她的聲音令人安心，她的氣味讓人感到安慰。他把頭往後靠，然後她就消失了。

感染已經蔓延到他的腿部，還擴展到全身。他的體溫不斷升高，愈升愈高，情況愈來愈危急。

Chapter 27

她會製作一些膏藥，也幫他調製藥草茶。

瑪姬在廚房的水槽沖洗沾滿泥巴的雙手。她花了一整個下午，收集了一整籃的小樹枝、一塊塊樹皮，還有沒什麼用處的野草。廚房桌上攤開一本《藥用植物指南》。那是一本很厚的書，超過八百頁，印著滿滿的迷你黑字，和枯燥的科學插圖。瑪姬捲起袖子。

「好吧……我還是不太確定膏藥是什麼，」她對著戰鬥機和颶風說。兩隻蝸牛現在是佛瑞德香料架上的永久居民，他們正平穩而好奇的探索著廚房。「不過我認為這是我們最大的希望了。」瑪姬說。「就是膏藥啦。就我所知，它應該是一種由搗碎的植物製成的糊狀物。」她仔細看著自己做了記號的前幾頁說。

「Plan-tago lan-ce-o-lata，」她把書上的字念出來：「一種與車前草同家族的開花植物……長葉車前、窄葉車前，還有羊耳草……好的……所以……這些葉子傳統上都是內用——做成糖漿或是茶——但也可以外用，用來治療呼吸道感染、皮膚問題、蚊蟲咬傷，還有感染等。**感染……對了，這就是我們需要的。**」

她轉向籃子，挑揀籃子裡的東西，拉出一些草莖，頂端長著一叢叢很小的深綠色花苞。瑪姬盡可能剝掉葉子，再把草莖放進碗裡。

「接下來。白蕁麻……」她跳過更多頁面。「在這裡。白蕁麻，不要跟一般的大蕁麻混淆……幾個世紀以來都被當作醫療藥草使用，人們認為有助於止血、對抗……痙攣、發炎，還有舒緩的療效。這裡有一半的字意思我都不懂，不過『舒緩』聽起來很棒，那也是這個時節正在生長的少數植物之一，所以非得用上才行。

她摘下籃子裡一些柔嫩的心型葉片，把它們加入那碗長葉車前裡。

「好囉，最後的項目：蓼科植物、馬齒莧科植物……茜什麼的。」她瀏覽著自己做記號的條目。「對了！茜草科。茜草科植物是用來治療各式各樣的皮膚疾病、傷口，還有灼傷……也可以用來泡茶……據說有助於淋巴結清除毒素。淋巴結是什麼？」瑪姬把整段文字念了好幾次，決定兩種都試試看，她會製作一些膏藥，也幫他調製藥草茶。

瑪姬瞥了一眼時鐘。已經快三點了。佛瑞德再過一兩個小時就到家了。這些事情比她預期的更費時，她想在天黑之前回到朗帕斯身邊。她拿起一把茜草，開始用一把重重的杓子，把所有東西都磨碎，同時一點一點地，分成很多次加入少許熱水。葉子、樹莖還有黏答答的茜草顆粒，一開始不是很容易分解，不過持續磨碎後，最後總算做出帶有塊狀物的膏藥。味道聞起來很刺鼻、甜甜的，不怎麼讓人喜歡。

接下來，她穩定地按照指示的步驟做了一遍，將舊洗碗布剪成條狀，把之前的混合物裝進佛瑞德幾個空果醬罐裡。可是瑪姬還有更多想做的事。書中有一部分是關於酊劑，有一整節在寫「阿斯匹靈」是如何發明出來，其中一個成份是從柳樹皮提取出來的。瑪姬又看了一眼時鐘，便趕緊把注意力拉回眼前翻開的書。

「在佛瑞德到家前，我來不及同時調製藥草茶和柳樹酊劑了。」她自言自語，手指快速又翻過幾頁。「嗯，樹皮要熬煮愈久愈好，效果不會像酊劑那麼強，可是至少還是有一點幫助。」瑪姬從廚房一端衝到另一端，在兩個平底鍋裡裝滿熱水。她把從溪邊一棵垂柳割下的一塊樹皮，放進其中一個鍋子裡，在另一個鍋子裡丟了一把剩下的茜草莖。廚房裡瀰漫著一股奇怪的氣味。過了一會兒，放了柳樹皮的水變成淡紅色，茜草水則變成黃綠色。

瑪姬正在尋找更多容器時，聽見輪胎碾過碎石子的聲響。佛瑞德已經到家了。

好早！她迅速把很多罐子掃進舊籃子裡，把籃子藏在桌子底下。後門碰一聲關上。

「嗨，瑪姬。」過了一會兒，佛瑞德走進廚房說。他放下手提包，環顧四周那堆髒兮兮的盆、用過的碗、攤開的書，還有植物的殘留物。瑪姬在長褲上擦了擦手，露出靦腆的微笑。

「你在煮什麼大餐呀？」佛瑞德說。「味道不好聞。」他回了瑪姬一個微笑，只是他看起來似乎很疲憊，眼裡並沒有笑容。

瑪姬湧上一陣罪惡感。她用前臂抹了抹滿是汗水的額頭。廚房真的亂七八糟。

「我ㄒㄧㄤㄒㄧㄤ—想想—想想要試試看新配方的ㄔㄔ茶茶。」她說，因為半真半假的話而畏畏縮縮。

「真有趣。」佛瑞德說。「我也可以來一杯。」他脫掉外套，嘆了一口氣。

「佛瑞德，一切都—都都—都還還好嗎？」

佛瑞德坐了下來。

「事實上……瑪姬，今天我過了很辛苦的一天。我有位患者病情惡化了，而且我剛剛發現佛伊的工班已經開始砍伐森林了。顯然他們今天就開始了。所有的事都在進行中。」他停頓了一下。「我知道事情遲早會發生。只是我沒料到會這麼快。瑪姬，我心都碎了，威達克已經沒辦法繼續存在，也存在不了多久了。」

瑪姬難過的驚跳起來，她想到朗帕斯還蜷縮在那棵老橡樹裡啊。如果推土機開到那棵樹邊，不曉得朗帕斯在裡頭，直接把樹剷平怎麼辦？或是如果他聽見他們來了，試圖爬出來呢？那樣他們就會看見他？

「剷平森林會會會花多久？」瑪姬焦慮的問道。

「不會一夕之間就發生，但我認為他們會在幾個月內完成。」

「我們一定還可以做些什麼，阻阻—阻止他！你的患者們呢？如果大家知道關於毒—毒毒—毒性，他們會病得……」她的聲音愈來愈弱。佛瑞德搖著頭。

「首先，我根本沒有備份那些紀錄，瑪姬。而且這件事非常複雜。雖然很多村民不曉得開採新礦將冒多大的風險，即便很多人知道，卻還是想鋌而走險。採礦帶來新工作……康沃爾郡很難找到工作，你也知道，這裡不像倫敦。有時候，當你現在真的需要一份薪水支付帳單時，當你連要維持餐桌上有食物都很困難時，也只能之後再去擔心生病的問題了。」

瑪姬用力嚥下口水。

「我什麼辦法都試過了。」他補充說。「真的。到最後，土地還是屬於佛伊勛爵。就法律層面來說，他想對土地怎樣，就可以怎樣。」佛瑞德看起來不抱希望。

瑪姬坐在他的對面。她扭絞著雙手低頭看了看。她的手指很髒，幾乎染成綠色。她不曉得自己還能說什麼。

Chapter 28

他身體裡的每一個細胞都在為生存而戰。

對朗帕斯來說，時間彷彿在迷霧間流逝。

一個小時又一個小時，在兩個昏暗的白天與兩個昏暗的黑夜間過去了。

他高燒不退，身體顫抖，陣陣抽搐。

他對女孩來了又走一無所知，也沒有注意到她帶來味道很奇怪的膏藥。

他身體裡的每一個細胞都在為生存而戰。

Chapter 29

也許一切都不會好起來，也許他撐不過去。

僅僅四十八小時，瑪姬的膏藥幾乎製作完成。她笨手笨腳的爬進空心樹洞，洞裡空間很窄，她很怕自己不小心弄傷朗帕斯。

到週四早晨，她已經幫他塗過很多次膏藥。她一手拿著膏藥，一邊看著他。他側身窩著，伸出一隻腳掌，上頭塗滿的膏藥已經變硬、乾掉了。

「朗帕斯，」瑪姬輕喚。「朗帕斯？」

他沒有動。

瑪姬本來希望今天情況會不一樣，希望那些植物已經開始產生功效。她希望他坐起來，很警覺，四處走動。可是他看起來沒有好轉。瑪姬也感覺自己的呼吸變得緊促。

她設法幫朗帕斯塗上最後的膏藥，把罐子放到一旁。想弄清楚之前究竟發生了什麼事是不可能的了。她已經沒辦法直接看見傷口。瑪姬伸出手，碰碰他鼻子的尖端，他的皮膚摸起來很乾燥、變得薄薄的。

「朗帕斯，」她說，把剩下的藥草茶放到他唇邊：「你得喝掉這個，拜託，就算只剩這麼一點點。」她加了一點牛奶進去，希望他會願意喝一些。她扳開他的嘴唇，舀了一湯匙進他嘴裡。她又試了一次。最後他總算吞下去了。

「就這樣。」她柔聲說，心裡感覺一絲欣慰。他又吞了一口，不過瑪姬無法判斷他到底喝下多少，還是根本沒把任何東西吞進肚子裡。她繼續嘗試，一點點、一點點的餵他。

他的呼吸聽起來微弱而淺。瑪姬心裡七上八下，紊亂不已。她望著頭上灰濛濛的天空，第一次對自己承認……也許一切都不會好起來，也許他撐不過去。

她好像聽見遠方一具引擎低沉的隆隆聲。就算朗帕斯真的撐過去了，他們也沒時間了。每過一天，佛伊的工班就持續地、平穩地向老橡樹推進一點。

Chapter 30

他在意識與無意識間悠悠晃晃。

朗帕斯不曉得女孩就坐在他身邊，也不曉得她究竟待了多久。他始終閉著雙眼，在意識與無意識間悠悠晃晃。她搗碎為他敷上的植物，讓它們盡可能地發揮功效，但朗帕斯到底能不能活下去，就得看他體內奮戰的複雜化學反應了。

到第三天快要結束時，暮色降臨，地球緩緩轉動。星星現蹤，黑暗籠罩住森林。一隻報死蟲潛入老橡樹柔軟的樹皮裡。東倉鴞在林間振翅飛行，翅膀拍擊的力道柔韌又不明顯。朗帕斯的身體開始無法克制地顫抖，他只能對高燒臣服。

到了星期五早晨，太陽緩緩上升，了無色彩。一隻紅松鼠在老橡樹的空心樹樁裡窺視。他發出一陣嘈雜的聲音。另一隻松鼠也加入他的行列。兩張小小臉蛋困惑地盯著朗帕斯看。

朗帕斯張開眼睛。

他退燒了。

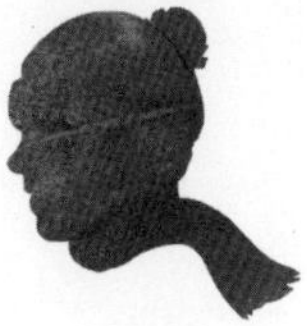

Chapter 31

她心急如焚，不清楚他發生了什麼事。

瑪姬把一片吐司蘸入她的水煮蛋中，默默地吃著。

「瑪姬，你在想什麼？」佛瑞德問。

瑪姬抬起頭，沒有意識到自己已經盯著盤子好一會兒了。佛瑞德坐在她對面，手裡捧著一杯剛泡好的茶。

「威威—威—威達克，」她說，這話有一半是真的。瑪姬在想那片森林，但主要是在想朗帕斯，她迫切地希望他撐過前一夜。

「我不敢相信我們什麼事也沒沒—沒辦法做。」她說。

佛瑞德喝了一口茶。她看著他垂下眉頭。他們倆都靜默了好一會兒，這時佛瑞德放下馬克杯，身子越過餐桌，握住瑪姬的手。他的皮膚粗糙又溫暖。「聽我說，」他說。「我們做自己能做的事，以自己微小的方式，有時這就足以造成不同的結果。」

並不是永遠都這樣，但有時候可以。我真心相信：只要有很多人……也許幾千人盡其所能時，事情就會真正的改變。像是法律之類的大事。」他露出溫柔的笑容。「或許我們沒辦法拯救威達克，可是那並不代表我們完全放棄了。」他喝完杯子裡的茶，站了起來。「現在嘛，我的聽診器到哪裡去啦？」

佛瑞德在屋裡忙著準備去上班時，瑪姬望著躺在後門邊的本地報紙。報紙還摺得好好的，但瑪姬還是看得見一部分的頭條新聞標題：是怪物？還是騙人的？大貓的身影出現在威……

她抓起報紙，感到自己肺部的氣息一陣緊縮。

在那一瞬間，瑪姬有股衝動想把報紙拿給佛瑞德看，她想叫他別去工作、待在家，跟她一起去空地，親眼看看並伸出援手。可是佛瑞德已經跨出大門了。

「瑪姬再見，晚上見囉。謝天謝地，今天已經星期五了。」

「佛瑞德，再再再—再再見。」她說，把報紙扔到一旁。

瑪姬一抵達林間空地，就知道有什麼事情不一樣了。這裡安靜得有些詭異。她跑到老橡樹邊，攀在樹幹旁。

朗帕斯不見了。

空心樹椿正中央還有小小一團的毛球，也看得到乾掉的血跡。

「朗帕斯？」瑪姬大喊，從這一頭望向另一頭，驚慌失措。她跳回平地，開始沿著空地邊緣跑，心急如焚，不清楚他發生了什麼事。「朗帕斯！」她再度大喊。

清晨的陽光潑灑在她四周的樹梢上，投下一塊塊堅實的黃色光影。瑪姬不停地在樹林間奔跑，彎彎繞繞穿越森林，每隔幾分鐘就呼喚他的名字。她停下來歇息，身子彎著用力喘氣。突然，有隻手握住她的肩膀，粗魯的抓住她。

她的尖叫卡在喉嚨裡。

「你怎麼沒去上學？」一個蓄著濃密深色鬍子的男人咧嘴問道。

瑪姬試著開口講話。她的心臟怦怦跳。她瞪著男人看。男人穿著寬鬆、沾滿泥巴的牛仔褲和一件舊外套，他的牙齒歪歪扭扭，上面還有污漬。

「我—我—我—」卡住了。「我是是是—是是。」抽搐。瑪姬的頭猛然一震，嘴巴張成一個無聲的O的形狀。她無法發出任何聲音。彷彿她的氣管被一截金屬線切斷了，鎖得緊緊的。沒空氣了。她的頭持續抽動，眼睛一直眨個不停。

「什麼……鬼呀？」男人放開瑪姬。「你有什麼天殺的毛病啊？」

瑪姬轉身就跑。

她用最快的速度往前跑，穿過森林，沿著河岸奔跑，經過果園，跑回小屋。

她花了很長的時間才平靜下來。她走進廚房，拾起在架上休息的颶風和戰鬥機。她把罐子拿到樓上的房間，躺在床上，把罐子緊緊抱在胸前。她雙手顫抖，呼吸也變得急促不順。慢慢地，她的恐慌感緩和下來。

瑪姬閉上眼睛。

那個留鬍子的男人嚇到她了。她知道很多人都會到森林裡散步或是帶狗兒一起，可是瑪姬從來沒有真的遇過任何人。男人看來也不像遛狗的人。說不定他是建築工，佛伊的工班或許比她想像的更加靠近。可是他的穿著也不像工人。

這時候，一個可怕的念頭浮現。如果他已經發現朗帕斯該怎麼辦？如果他是捕獸人？或是獵人呢？如果他就是一開始故意設置那個舊式陷阱的人呢？

瑪姬坐起來。她必須回去找到朗帕斯。她不能就這樣拋下他。他有可能被陷阱困住，有可能再度受傷……或是……如果那個男人在空心樹樁裡發現他呢？朗帕斯虛弱到根本無力保護自己呀？他有可能把朗帕斯裝進袋子或箱子裡。如果朗帕斯沒有撐過昨晚，然後……

她沒辦法再想下去了。瑪姬要回去，雖然一想到要是再碰到那個男人，就讓她的胃部翻攪。他看她的眼神太可怕了，彷彿她有傳染病還是怎麼的。一陣羞愧襲來，染紅她的臉頰。可是她愈是去想這件事，她的罪惡感就愈是轉化成其他的樣貌。某種強烈而堅決的情感。

瑪姬把蝸牛罐子放在床邊。「我要去找朗帕斯。」她堅定的說。「我必須找到他。」

Chapter 32

只要有人類的地方，通常就會找得到食物。

朗帕斯慢慢地、無聲地穿越森林，他的動作不太靈活，流暢中又顯得有些生硬。他的腳掌好多了，只是全身依舊僵硬痠痛。初升的太陽還沒有照亮森林，他在半明半暗的破曉時分大步奔跑。這麼多天以來，這是他第一次感到飢餓。而且他很渴，渴到不可思議的程度。他掀掀鼻孔，有什麼不太一樣的味道。空氣中飄散一縷汽油味，橡膠味和香菸的煙霧。他抽動鬍鬚又嗅了嗅。儘管黎明的氣息很清新，他腳掌的傷勢也好轉了，朗帕斯的身體還是竄過一陣不安的感受。鳥兒們今天早晨也異常聒噪敏感，一定發生了什麼事，只是他不了解究竟是什麼事。

朗帕斯繼續往前走，迂迴地步向小溪，卻發現在他已經十分熟悉的小徑旁多了一道奇怪的新溝槽。空氣的味道也不一樣，有植物的汁液和剛砍伐的木頭氣味。朗帕斯謹慎地向前走，他面前出現一塊粗略劈開的空地，一側停著一排巨大的黃色工程車。他盯著那些帶鐵齒的鏟子、黑色的橡膠輪圈還有厚重的圓形輪胎，不確定這些機器為什麼會出現在這裡。

朗帕斯退後一步。

汽油、人類、樹汁、廢氣，每一種味道都不好聞。他轉過身子，無論他踏在哪兒，舉目所及都是碎裂或是被壓扁的東西。樹幹、小徑、摔裂的鳥巢。感覺不對勁。他臉頰上方的樹枝上，垂掛著扯壞的蜘蛛網，網子閃耀著一絲微光。他瞪著無用的蜘蛛絲在微風中搖擺，往後退到更遠的地方。

朗帕斯繞著威達克外圍轉了一圈，一直走到小溪更遠的西側。水流衝擊、水花翻滾、噴濺，因為融雪而水量大增。他喝了一大口清新的水，便離開森林。他還是覺得餓，決定再去探索村莊，只要有人類的地方，通常就會找得到食物。

當朗帕斯抵達時，羅斯木連村還沒從沉睡中清醒。某個地方有人拉開窗簾，一扇門輕輕掩上、空牛奶罐叮叮噹噹。朗帕斯躲在影子裡。他繼續嗅聞周遭的氣味，跟隨自己的鼻子，直到他發現某個聞起來甜甜鹹鹹的東西為止。是肉嗎？說不定唷。在垃圾桶裡？

幾分鐘後，朗帕斯穿過馬路，來到一幢有茅草屋頂、粉刷過的建築物前。這裡聞起來有酒精和木材煙霧的味道……還有……沒錯，各種食物殘渣。朗帕斯來到酒吧側面，搜尋所有誘人氣味的來源。他在那裡發現幾張空的野餐桌，還有兩個巨大，垃圾已經滿出來的垃圾桶。朗帕斯用沒受傷的腳掌迅速一揮，輕輕鬆鬆就讓兩個垃圾桶翻倒。滿地都是馬鈴薯泥、吃了一半的德式香腸、軟骨很多的牛排、滴著鮮奶油的盒子，還有奶油包裝紙。朗帕斯小心翼翼地在這堆亂七八糟的東西裡翻找。最後，他總算找到一大片生培根的外皮，不由得舔了舔嘴唇。

不久後，一輛車停進前面的停車場。朗帕斯聽見關上門的聲音，就揚起頭。腳步聲，腳步聲更靠近了。實在太近了。他扔下培根快跑，還不小心撞到垃圾桶，發出啌咚、哐啷的聲音。一個穿著厚羊毛外套的矮個子女人出現在轉角。

「那裡有人嗎？」她喊道。「哈囉？」她拍拍手。

朗帕斯躲在一面牆後，盡可能地壓低身子。

「噢，我的老天，看看這團混亂！誰又來挖垃圾桶了！」

此刻太陽已經升起，村莊也愈來愈忙碌。該離開了。朗帕斯不喜歡這裡，這些車子、噪音，還有人類。他轉回大街上，再次穿越馬路，用最快的速度移動。

「啊啊啊啊啊啊！那—那是……那是什麼呀？」

一輛紅色郵務車的側門滑開，一個戴著厚鏡片的年輕男人盯著朗帕斯。信件和包裹從他手上滑落，散得人行道上到處都是。朗帕斯趕緊往前走。他剛經過村裡最後幾間屋子時，一個穿著拖鞋、頭上繫著鮮豔頭巾的女人打開了門。她手裡牽著一隻小小的臘腸狗，正要把狗兒放出來時，瞥見朗帕斯。她扔下狗兒，放聲尖叫。

「柏納德！快點下來啊！柏納德！」她大吼。「就是牠！那隻怪物，牠在這裡，就在這裡！」

朗帕斯沒有轉身。當他聽到女人的尖叫聲時，身體的動作停格了一秒，然後他拔腿就跑，用最快的速度往前衝。

幾個小時後，他繞回空地。小雨從光禿禿的枝枒間滴落下來，還不至於太冷。朗帕斯停在空地邊，嗅聞著涼爽透亮的空氣。

有誰到過這裡。男人嗎？香菸的煙霧、焦油與汗水。還有那個女孩。女孩回來了……女孩還在這裡嗎？

他小心往前跨了一步，繼續嗅聞著空氣、搜索著。她就盤腿坐在老位置，在雨中坐著。朗帕斯奔向她，衝到她身邊，把頭埋進她溼答答外套的皺褶裡。他用臉頰磨蹭她的身體，一次又一次，噗噗喘著氣，又磨蹭臉頰，接著又噗噗喘著氣，然後又繼續磨蹭臉頰……

「朗帕斯！」瑪姬喊著。「你回來了！」她用手臂環抱他的脖子。「你好一點了嗎？你真的好多了！你在做什麼？小心呀！你為什麼那樣？你是在打噴嚏？還是在呼氣呀？等一下，你在打鼾嗎？」

朗帕斯沒辦法分辨她是在大笑還是在哭。

Chapter 33

森林拯救了朗帕斯，隱藏他、收容他、治療他。

瑪姬用手套背面抹了抹眼睛。

「我簡直不敢相信。」她低聲說。「我真的好擔心。可是看看你……你眼睛都亮了，你在蹦蹦跳跳耶！等等，停，讓我看看你的腳掌。」她說，鼓勵他躺下來。他翻滾成仰躺的姿勢，尾巴還來回擺動。他扭來扭去，用腳掌拍擊，扣住瑪姬的前臂，用爪子扯她的外套。「小心點！」瑪姬驚呼。很痛，他的牙齒就跟爪子同樣尖銳。她撿起一根樹枝，把樹枝放進朗帕斯嘴裡，讓他稍微分心一下，直到他稍微靜下來為止，接著，瑪姬握住他受傷的腳掌，溫柔的察看他的傷口。她如釋重負，呼了一口氣。朗帕斯的毛皮還是髒兮兮，混雜了潮濕的泥巴、膏藥、舊血跡，不過傷口很乾淨，已經癒合。他的肉墊有點腫，不過看起來沒有膿液或發炎的跡象。

瑪姬放開朗帕斯的腳掌，調皮地搔搔他的身體、戳戳他肚子。他立刻用腳掌抓住她的手，咬住她的手臂。「唉唷！朗帕斯，輕一點！」他似乎不明白自己力氣有多大。

他們玩了一會兒，逗著彼此，碰碰對方、抓著對方不放。瑪姬把泥土和葉子撒在朗帕斯肚子上。他拍擊這些泥土和樹葉，把它們掃過來、掃過去，還豎直了耳朵。偶爾他的一隻腳掌會直接落在瑪姬身上，她會試著不叫出聲來。瑪姬簡直無法想像，等朗帕斯長大，會有多強壯。她努力不去想這件事，告訴自己他回來了，而且傷勢好多了，這樣就很慶幸了。

「等一下！」她突然開口說。「差點忘了。我帶了一些剩下的鄉村派給你。」她從包包裡拿出一個碗，準備拿到老橡樹邊。朗帕斯一躍而起，熱切地跟在瑪姬身後。可是他只聞了一下，發現是煮熟的肉的味道，就用一種受不了的表情看著她。

「沒那麼糟吧！」瑪姬微笑著說。確定朗帕斯不會吃，她就放棄了，把派收回包包裡。

天色變暗。「我得走了。」她輕聲說。「時間很晚了，佛瑞德很快就會到家，說不定他已經到家了。」可是她實在不想離開朗帕斯，於是繼續逗留，坐在那棵多節粗壯的老橡樹的大樹枝下。

朗帕斯追逐著一片微風中的落葉。葉子在空中飛舞，朗帕斯不斷拍擊葉片，卻一直抓不到它。他無憂無慮，調皮貪玩。瑪姬不安地望著身後。她沒有再看見那個留鬍子的男人，可是他之後一定會再回來的，她很肯定。就算他沒回來，也會有其他人。她想起郵局那個女人，就渾身發抖。朗帕斯根本不曉得自己的處境很危險。

瑪姬脫掉手套，摸摸潮濕冰冷的樹根。樹皮上覆滿結冰的地衣，摸起來很粗糙。她閉上眼睛，發現那種感覺再度襲來，同樣奇異又激動的感受，如此柔軟，軟綿綿地流過她全身，連結她跟某個比她更巨大的東西。瑪姬覺得自己跟老橡樹緊緊相連，跟朗帕斯緊緊相連，也跟整座森林以及森林上方及遠處的一切緊緊相連。事物的輪廓似乎並不重要：她是瑪姬，朗帕斯是朗帕斯，威達克是威達克，可是她忍不住想有什麼把它們全都緊緊牽繫在一塊兒，某種無限的東西。

瑪姬張開雙眼。她無聲地說了謝謝，不曉得樹能否以某種方式理解她。森林拯救了朗帕斯，隱藏他、收容他、治療他。她從來沒有想到這是有可能的，但現在她望著朗帕斯，看著他還在暮色下玩耍，她感受到了，這件事千真萬確。

瑪姬又逗留了一會兒，直到太陽落下，再也看不見影子。

瑪姬到家時，佛瑞德正在廚房切洋蔥。

「嗨，瑪姬。」他轉身對她微笑。「你看起來凍壞了！你能在這麼遭糕的天氣還願意到外面去真好。」

「嗨，佛瑞德。你你你—你你—好嗎？」

佛瑞德把洋蔥丟進一個銀色大碗裡。「還好。嗯，算是還好啦。」

「發生了什麼事嗎？」瑪姬問，一邊扒掉帽子和外套，走到雅家爐旁。她把手指靠在溫暖的爐邊，讓熱氣滲進自己的手指。

「沒什麼，只是我的兩位患者想知道，我所謂的記憶問題是怎麼回事。」他喃喃自語叨念了幾句關於佛伊勳爵的事，做了一個鬼臉。「總之，告訴我你今天過得怎麼樣吧。」

「我我我—」卡住。「我我我—我去去去——」卡住。瑪姬很想告訴他，自己找到朗帕斯後總算鬆了一口氣，說朗帕斯的腳掌痊癒了，還有每次她坐在老橡樹的樹根之間是什麼樣的感覺。

「我—」她又卡住了。

佛瑞德耐心等候瑪姬的停頓結束。「你知道嗎，」他說，溫柔地改變話題。「週末到了，我會煮一頓熱騰騰的晚餐。如果你想要的話，可以幫忙。」佛瑞德捲起袖子，走向食物儲藏室。瑪姬用雙手遮住自己的臉，她最好快點找個方式告訴佛瑞德發生了什麼事。

「咦，怪了，」幾分鐘後他回來的時候說。「我想做個牛排蘑菇派，可是我幾個禮拜前包好的牛排不見了。」他搖搖頭，自言自語的說。「說不定我的記憶力真的有問題。我很確定啊，之前我放了好幾小盆在裡頭……好吧，用雞肉也可以，或者說不定我還有一些韭菜……」他突然轉身又走了出去。

瑪姬全身僵住。這下子他就要發現了。

「還有啊，明天星期六，」佛瑞德說，他回來的時候，一手拿著細瘦的韭菜。「我們好好放鬆一下，出去走走怎麼樣？今晚會有暴雨，不過明天的天氣會很晴朗。如果你想要，我可以帶你去赫爾福德。那裡有間酒吧，供應全康沃爾郡最好吃的炸魚薯條。你覺得呢？」

瑪姬的臉皺了起來，露出痛苦的表情，她覺得脖子漲紅發熱。她張開嘴巴，可是想講的話還是沒有跑出來。

「我ㄒㄒㄒ—」

「或是你不想，」他繼續說。「我們也可以去看電影。你去看過電影嗎？特魯羅有一家電影院，如果你比較想去看電影，我們可以看看現在上映哪部片。」

「佛瑞德，我得ㄍㄍㄍ—ㄍㄍㄍ—」瑪姬試著把想講的話擠出來，可是沒有用。她的喉嚨一直卡住，現在她的頭和脖子都抽搐起來。「我得告訴ㄋㄋ—」她停下來。她明天再試。等她有時間思考該說什麼，還有該怎麼講。「好啊，」她有點猶豫的說。至少這是週末，佛伊的工班不會在週六工作。「佛瑞德，我們開車去赫爾福德。就這麼做。」

佛瑞德看起來鬆了一口氣。他轉向水槽，開始刷掉韭菜上的泥土。

「噢，」他又開口說。「你有一封信。應該是你媽媽寄來的。我把信放在……哪裡……噢，對了，那裡——就在廚房桌上。」

瑪姬抓著信跑上樓，對找到理由離開廚房心存感激。

Chapter 34

他決定要去探索溪水上游遠處的小徑。

朗帕斯望著女孩離開，她紅色的羊毛帽在樹林間飛舞。然後，他繼續在空地上跳啊跳，一心一意想要玩耍胡鬧。他豎起耳朵，伸出爪子，抓住樹葉和小樹枝。他蹦蹦跳跳，讓身體在空中旋轉，現在他感覺舒服多了，有辦法駕馭各種動作，讓他非常開心。

不久，他回到老橡樹的懷抱。他通常睡在空心樹椿裡，但有時更喜歡把自己搭在一根比較粗的樹枝上休息。那樣讓他感覺更自由，必要時也更容易逃跑。他把自己調整成一隻腳掌往下垂放，用尾巴蜷曲住後腿的姿勢。一陣冷風拂過他的毛皮，朗帕斯就用這種姿勢垂掛著，半睡半醒躺了一會兒。

當夜空佈滿烏雲，暴風雨籠罩在森林上方時，他還在打瞌睡。朗帕斯從來不曾看過打雷，也沒聽過雷鳴，突如其來的轟隆聲幾乎撕裂他的耳膜，令他大吃一驚，他直直躍入空中，警覺的往上跳。那股耀眼的火光和顫動的轟隆聲讓他嚇壞了，幾秒鐘後，他就躍下樹枝，回到空心樹洞裡，儘可能地把身體緊貼著地面。轟隆隆的雷聲持續在鄰近的鄉間迴盪，震落許多白雪。

朗帕斯趴伏在老橡樹裡，等待暴風雨過去。不遠處，地面裂開，一棵宏偉的老山毛櫸發出一聲古老的呻吟，就轟然倒地，也折斷了它鄰近樹木的枝幹。他察覺到樹倒了，意識到什麼事物要結束了。

到了早晨，一叢叢尖端綠綠的嫩芽向上竄，衝破覆蓋的雪，與軟化的冰。朗帕斯從樹洞裡現身，嗅了嗅新鮮空氣，張了張鼻孔。他很渴。他跳下來，向小溪的方向出發。

水流比他以往見過的更豐沛，流速也更快。他一口氣喝了很多水，然後，決定要去探索溪水上游遠處的小徑。他蹦蹦跳跳地往上游走，探索著各種新的氣味，對身旁所有的一切都好奇不已。不久後，小徑變得狹窄，沒入一株大垂柳樹的窄長枝葉。他潛入柳樹低垂的枝枒底下，宛如小小海灣的空間。朗帕斯嗅了嗅：這裡有人類的蹤跡。是那個女孩？樹幹上有一塊小小的方形樹皮才被切掉不久，留下一道白白的痕跡，還濕濕的，滲出汁液。朗帕斯舔了一下。酸酸的，他皺起了臉，接著他轉過身，在空中揚起鼻子，繼續嗅聞，還豎起耳朵仔細聆聽。她最近可能來過，不過現在已經不在這裡了。

陽光從樹葉間篩落，一陣強風吹動柳樹又細又長的枝枒。朗帕斯回到水邊。此地的溪水比較平緩。河床上小小的冰塊間滿是光滑的棕色草叢和淺色的石頭。他望著一小群魚曬著太陽，搖擺著尾巴。他悄悄靠近了一點，本能地舉起腳掌，蜷起尾巴尖端。朗帕斯看見一隻又大又豐腴的魚，腹部有金綠色斑點，身上還帶著一點銀色，就在他伸手可及的水上漂浮著。

啪噠！朗帕斯把腳掌往下一拍，鉤起那條魚。魚不斷拍動尾巴扭來扭去。朗帕斯很驚訝，把魚拋向岸邊，再猛撲過去，水從他的胸前與下巴滴落。他以前從未抓過活生生的動物，不確定自己接下來該怎麼做。滑溜溜的魚鱗、魚肉的觸感，還有又尖又刺的魚鰭〈感覺都是骨頭〉都跟肉完全不一樣。而且魚還掙扎個不停！他戳戳魚，不確定這是不是在玩遊戲。最後魚總算不動了，朗帕斯再度嘗試吃魚。

他突然停下來。他抽動鼻孔，左右翻動耳朵。有什麼東西正往這裡靠近。麝香味？是雄性動物嗎？

朗帕斯傾聽周遭的聲響，從柳樹閃爍的簾幕間朝外窺看。從河岸另一邊快步向他走來的，是一隻大狐狸。他尾巴的尖端是黑白的，毛皮是鏽蝕般的暗紅色，他的嘴邊滲著血。

朗帕斯一動也不動。狐狸停了一會兒，揚起頭和鼻子。朗帕斯退後幾步。時機過去了。狐狸垂下頭，就溜走了，消失在灌木樹籬間。

等朗帕斯離開柳樹灣時，早晨已經過了一半。他慢慢跑回森林，這次經過一片田野，田野上滿是吃草的綿羊。他停下來，盯著那些黑色臉龐和全身毛茸茸、粉色鼻子的白色小羊。如果按照本能行事，他會追趕這些羊，可是他聞到剛才那隻狐狸的蹤跡……還有更多血的味道。他的目光飄過這片田野。這裡之前發生了什麼事。一場殺戮。

朗帕斯轉身離開。他不想再次遇到那隻狐狸，而且女孩現在可能已經在空地那裡了。也許她有帶食物。好的食物。最好是沒有鱗片的肉丸。

Chapter 35

顧蘭村「治療」的幽靈簡直近在眼前。

瑪姬前一晚沒睡好。暴風雨讓屋裡每扇窗戶都喀喀作響。她夢見一間醫院，污漬從牆面往下滴落，她夢見空空的床，皮革束帶鬆鬆地掛在床邊，小孩都穿著一模一樣的袍子，嘴裡塞滿了草。星期六早上醒來時，瑪姬的心臟還怦怦跳，棉質睡衣都被汗浸濕了。

媽媽寄來的信擱在她床上，就靠在檯燈旁。她坐起來，又讀了一次信。

一九六三年三月六日，星期三

我最親愛的瑪姬：

聽見你過得愉快，我真的好開心！我們都很想念你，尤其是我！我把大家照顧得很好，就跟我答應你的一樣，你一定很高興吧。笛子很喜歡他的新寶座，就在廚房的窗台上。他現在會跟我聊天了，還會在我洗碗時，坐在我肩膀上。我不是什麼專家，不過我認為他的翅膀已經完全痊癒了。威靈頓很調皮，雖然我還是不敢用手把他抱起來，但我會定期清理他的箱子，幫他準備一些舊起司，讓他開心。他已經長得胖胖的囉。夏綠蒂一如往常的沉靜。她似乎對目前的狀況很滿意，我只要進到你的櫥子裡去餵威靈頓或是查看圓圓胖胖的男生們，她就會從上面俯瞰我。（他們是男生嗎？你是怎麼知道的？！）

我們這裡倒沒什麼特別的事好說，除了我們全都很感激春天總算要來了。我已經開始整理花園，也跟以前一樣，在救世軍那邊幫忙。不過我的女孩啊，我真的很想你，我甜蜜、堅強的女孩。

你爸爸很好。辦公室的工作進度有點落後，有部分原因是天氣實在太糟糕了。我告訴他你是多麼享受鄉間生活。真不敢相信時間竟然過得這麼慢。我送你上火車感覺就像是上個世紀的事呀。不過很快就會相見，我們計畫下週過去住幾天。他要親眼看看你的進展如何。等我見到你，再跟你分享更多事情喔。

現在我得停筆了，我得去把衣服收進來，看來快下雨了。代我向你外公轉達我的愛，不過我大部分的愛都是給你的。

媽媽 xx

PS：那張照片是在赫爾福德河旁拍的。那是全世界我最愛的地方之一。看你外公之後能不能找時間帶你去。

瑪姬幾乎聽得見媽媽鼓勵的聲音包覆著每個字，可是爸爸要來「親眼看看」她的進展，只不過提醒了她一切都沒有改變。現在她已經在康沃爾郡待了將近兩星期，口吃的狀況其實還是跟以前一樣。所有她留在倫敦的擔心與恐懼等她回去後依然還在。一想起她噩夢裡的片段，她就渾身發抖。顧蘭村「治療」的幽靈簡直近在眼前。

「瑪姬！瑪姬，你起床了嗎？」佛瑞德在樓下喊著。「太陽出來了！我們準備出發吧。今天天氣很晴朗，很適合去赫爾福德。」

瑪姬蓋住信，把信放回床邊的桌上，雙腿一晃跳下床。她很想看看赫爾福德河，很想去找貝殼，可是她還是很擔心這樣就得離開朗帕斯一整天，雖然今天是星期六。但感覺就像沙漏已經被翻面，裡頭的沙正快速往下漏。她不可能永遠躲在這裡，朗帕斯也一樣。「佛瑞德，我來來—ㄌㄌㄌ來了。」她朝樓下大喊，只是腳步緩慢又沉重。

赫爾福德村這座小村莊有許多粉刷過的建築，座落在陡峭的山丘上。一串串小彩旗之字形的綁在屋舍間，在寒風中翻飛。街角佇立著電話亭，紅油漆在含鹽分的空氣中已經褪色剝落。

「瑪姬，我們到囉。我們把車停在酒吧旁邊，先走到彭威斯海灣去。我小時候，奶奶會帶我去那裡。我就是在那裡學會找瑪瑙貝殼，我也同樣在那裡教過你媽媽。」

瑪姬跟著佛瑞德沿著陡峭又狹窄的小徑，離開空蕩蕩的停車場。大半的車程她都很安靜，能下車透透氣感覺很不錯。他們爬過石梯，踩進泥濘的田野。佛瑞德在山頂停下來，轉身往回看。

「看到了嗎？那就是赫爾福德河的河口。」他說，指著樹籬上方海面上一群浮動的小船的位置。石板藍的海水兩側是連綿的田野和灌木叢，棕色與深綠色交錯拼貼，上方覆著長條狀、漸漸消融的積雪。瑪姬凝視著在微風中搖擺的那些小船，看起來真的就跟照片裡的景致一模一樣。

「佛瑞德，我不記得了，可是我以前有來過這裡，對吧？」

他轉身繼續沿著山坡往上走。

「對，」他的話越過肩膀傳來。「那是很久很久以前的事了，那時候你還是小寶寶，你和你爸媽到鄉下來。」

「佛瑞德？」

「怎麼啦……」他喊道，繼續大步向前。

「發發發—ㄈㄈㄈㄚ生了什麼事，你和爸—ㄅㄚ爸爸？你們為什麼不再跟對方講話了？」

瑪姬趕緊跟上佛瑞德的腳步，好走在他旁邊。佛瑞德有那麼一會兒沒說任何話。他似乎在思考自己究竟該怎麼回答。

「瑪姬，我們對某件事想法不同。那件事對我們兩個來說都很重要，只是在不同的面向上。」他望著一旁的她。「你爸爸不是壞人，可是他已經殘破不堪。他試著導正事情、控制所有的事，因為他必須在這個世界裡找到秩序，否則他無法找出自己那套規則。」

「你說的話是什麼意思？那就是你們爭執的東西嗎？為了控制所有的事？」

「不是。」佛瑞德停了下來。「我知道你在學校上了很多歷史課，可是你們的老師們就只能告訴你們那些。第一次世界大戰非常恐怖，我在很年輕時，就見過許多任何人這輩子都不該看見的事情。我回家時發誓這一生再也不參與任何戰爭。可是你爸爸，他成年是在一九四〇年代，當時納粹正在歐洲大力拓展勢力，等待太陽再度升起。坦白說，我們並不確定那會發生。」

佛瑞德停下來，指著大海。

「法國離這裡不遠，就在海峽另一頭而已。希特勒曾經非常靠近這些海岸。現在我們是在講二十年前的事，聽起來距離我們很遙遠，其實不然。總而言之我當時不願意入伍，你爸爸無法理解。記得吧，他比我年輕很多很多，第一次世界大戰時，他還只是個嬰兒，他沒看過我見過的那些。所以他就去從軍了，這就是他因此支離破碎的原因，戰爭就這樣毀了許多人……」他猶豫著該如何措辭——「瑪姬，毀了他們的內心。戰爭摧毀了他的內在，那是像我這樣的醫生都未必有辦法治療的。」

佛瑞德望向河口。瑪姬等著他繼續說明，試著想像去打仗是什麼樣的感覺。她讀過或聽說過所有關於戰爭的事，似乎都非常可怕，糟到她難以想像這個世界竟然真的發生過戰爭。然而，在倫敦街道上依舊隨處可見，巨大的戰壕，正在重建的城鎮住宅，炸彈曾經落下並摧毀了所有的一切，留下滿是碎石礫的巨大彈坑。「我成了所謂的『良心拒服兵役者』，」佛瑞德繼續說道：「可是你爸爸認為我是懦夫。

他不懂我為何不願從軍，尤其我還是個醫生。他到現在還是不明白。事實上，那就是我們最後一次交談，你最後一次在這裡。有一天我們為這件事吵起來，然後，」佛瑞德嘆了一口氣。「當時我們分道揚鑣是最好的選擇了。但我不打算說謊，瑪姬，這件事讓我心都碎了。這麼長的時間沒辦法見到你媽媽，或是你。」

佛瑞德的肩膀垮了下來，他轉身面對瑪姬。有那麼一會兒，他看起來很蒼老。瑪姬看得出這件事傷他多深，她發現自己也很傷心。她伸出手，把自己小小的手指放進他手裡。他的手掌很粗糙，還長了繭，瑪姬緊緊握住他的手。

「你現在跟我在一起啊。」她說。

佛瑞德點點頭。他回握瑪姬的手，他們繼續往前走，安靜了一段時間。

瑪姬想著媽媽，想著這件事對媽媽來說一定也非常艱難，只能跟佛瑞德通電話，卻無法見他，無法到這裡來。接著，她想到爸爸，想到他擦拭得亮晶晶，放在桌上玻璃櫃裡的那些獎章，還有他用餐完畢後，總是這樣擺放刀叉的樣子。她聞得到他上漿後燙得筆挺的襯衫冰涼的味道，看見他三不五時就會不斷撫平領帶的模樣。她想起跟爸爸道別時，他眼中那遙遠的神情，他的身體僵硬地直挺著，一點也無法鬆懈下來。他從來不曾好好回應過瑪姬一個擁抱。

「我試試－試著愛他。」她說。「可可－可可是他不准我愛他。」

「瑪姬，那不是他的錯。」

森林的話語在她心上輕柔的迴盪著。做人本來就不容易。

佛瑞德帶路，沿著懸崖另一側往下，跟著已經被踩爛的小徑走，對每個分岔和轉彎都熟悉得不得了。一塊小小的木頭指標，彎彎曲曲的箭頭指向彭威斯海灣，接著是一段陡峭的石階。一路往下走，瑪姬都得跨大步，甚至往前跳。他們到達谷底，佛瑞德脫掉靴子和襪子，捲起褲管。瑪姬也照做。細緻的鵝卵石冰冰涼涼，她還感覺得到腳下的碎石子，瑪姬從來不曾踩在石頭海灘上。

退潮了，爬滿藤壺的岩石碎片從水邊濕淋淋的沙灘上冒了出來。瑪姬跑下去察看，讓風驅散心上的沉重感受。知道他們為什麼不再跟對方交談，至少有一點幫助，但在其他方面，這只不過加深了她的恐懼。萬一爸爸還是決定要送她去顧蘭村該怎麼辦？因為那就是他控制瑪姬口吃問題的方式？如果他現在這樣，是因為他內心受到了傷害，永遠都沒辦法康復呢？

瑪姬把雙腳伸進冰冷清澈的水裡，讓水流在她腳踝邊打轉。冰冷的感覺強烈刺激她的皮膚。

「找到一個了！瑪姬，在這裡！」佛瑞德喊道，用大拇指和食指握住一個很小的東西。「這就是瑪瑙貝殼，快來看。」

瑪姬轉身跑回沙灘，她的腳幾乎麻掉了。佛瑞德在她手掌上放了一個小巧的蜜桃色貝殼。

「好美ㄇㄇ美美喔。」她說，把貝殼舉到鼻尖，仔細端詳。貝殼還沒有她的指甲大。她把貝殼翻到背面，底部是奶白色、平平的，兩端收攏成窄窄的裂縫。真是精緻。

「現在看看你能不能自己找到一個。你得在這些鵝卵石間很仔細地尋找。我的紀錄是一個早上找到三十七顆，看看我們今天能不能破紀錄。如果我們破紀錄，我就給你一先令。」

瑪姬想著她可以用一先令買到多少小糖果。

「成成—成交。」她說。

「找到一個囉，」佛瑞德一會兒之後說。接著，又找到一個。

噢，我寶刀未老，真的。我依舊是康沃爾郡最厲害的貝殼尋找家。」他大笑，蓬亂的白髮被風吹得亂糟糟的。

瑪姬找了又找。她不斷拾起她以為是瑪瑙貝殼，結果卻只是另一顆小鵝卵石的東西。不過她也找到其他東西，很快就在口袋裡裝滿各式各樣的寶貝。

早上結束時，佛瑞德找到二十九顆瑪瑙貝殼，瑪姬找到三顆。他鼓勵她把口袋裡的東西攤在一塊又寬又平的岩石上，這樣他們就能分辨口袋裡有什麼：蛾螺、烏蛤、金黃色的玉黍螺，跟她的皮膚同樣光滑的海玻璃，還有霧藍色、銀色寬開口的淡菜。這些色彩讓她好開心：粉紫、淺綠、亮黃、奶油色與金色。

「以新手來說很不錯。」佛瑞德說。「現在肚子餓了吧？」

瑪姬微笑著點點頭。接著她捧起所有貝殼，把它們都放回口袋。

「船長的懷抱」室內黝暗又溫暖。燈光昏暗的小房間裡擠滿了人。到處都是菸斗烟和啤酒的味道。佛瑞德選了吧檯邊小角落的最後一張空桌。瑪姬瞥向火爐上方的老時鐘，已經一點半了。她雖然喜歡海灘，可是開始感到不安。朗帕斯可能會想，為什麼她還沒去看他。她不喜歡這樣的念頭，想到他可能會努力尋找她，等著她。

「瑪姬你要吃什麼？」佛瑞德說，戴上眼鏡，拿起一份菜單。

瑪姬想點牛排腰子派，這樣她就可以留一半給朗帕斯，可是她其實又不太敢吃腰子。

「炸魚薯條很美味喔，他們也有香腸土豆泥。噢，我超愛他們的洋蔥肉汁。嗯，他們也有淡菜，還有餡餅。」

瑪姬還沒決定，就聽見附近一張大桌子傳來的一小段對話。

「昨天晚上奈吉爾．威廉斯損失了兩頭羊！肚子裡的內臟都被扯出來了！」

「我看見了。不可能是狗殺的，都被撕扯得亂七八糟了，那是被爪子襲擊。」

「蘇跟我說有人在樹林裡看見牠了。超級巨大，尾巴就有五呎，綠眼睛，從特雷維希克小巷那邊過來。」

「你沒聽說嗎？郵差席德兩天前才在村莊裡看到啊。」

所有人都倒抽了一口氣。

「快叫布雷．柴契爾帶他的槍到森林去，他會處理的。」

「瑪姬？」佛瑞德用手上的菜單拍了拍瑪姬的頭。「你聽見我說的話了嗎？」

瑪姬轉過身來。

「是是─是的。對對對對─對對─對不起。」

「你想吃什麼呢？我要點炸魚薯條，無法抗拒。」

「那我要點……一樣的。」

佛瑞德起身，到吧檯去點餐。瑪姬往後靠回椅子上，竭力想再聽清楚一些對話。

她的椅子已經兩腳離地了。

「沒時間可浪費了。牠接下來還會吃掉什麼？某人的狗？某人的小孩？」

現場一片驚愕、死寂。

「小孩？你覺得牠會吃小孩？」

「說不定。」

瑪姬又把椅子往後倒了一點。

Chapter 36

這片森林開始變得像他的領地了。

朗帕斯白天大部分時間都在老橡樹的樹梢打盹。他偶爾會爬起來玩耍，突襲毫無防備的甲蟲，拍打影子。他發現一個廢棄的鳥巢，還不小心把鳥巢拍到地面。他追逐一隻鼩鼱。他磨利自己的爪子。他又再睡了一會兒，接著決定要在空地上標示自己的勢力範圍。這片森林開始變得像他的領地，他自己的家園領地。

每隔一陣子，他就會四處尋覓女孩的身影。她還是沒來，朗帕斯不懂為什麼。他繼續自己的規律：打盹、玩耍、探索、跟蹤獵物、再打盹、閒逛，還有等待，直到太陽下山，這一天就要結束了。

Chapter 37

瑪姬知道他現在多麼脆弱，卻不曉得該怎麼辦。

瑪姬的椅子已經沒辦法再往後傾了，她用指尖努力抓住桌子，豎起耳朵仔細聆聽他們的對話。

「我認為我們需要要召開一次村民大會，緊急會議。」

「我們等愈久，愈有可能發生悲劇，後果實在不堪設想。」

「好吧，我來處理。我可以去跟梅寶·哈利斯談談，看看村裡的集會堂禮拜一能不能使用。」

「賈哥，為什麼不選明天呢？這件事很緊急，對吧？」

「沒錯，我們怎麼能讓這個東西逍遙法外。」

「而且禮拜天大家都不必工作，會有較多人可以參加。」

「好，我們就看看梅寶怎麼說吧，看看能不能明天就開會。」

哐啷一聲！

瑪姬的椅子突然向後倒，她跌坐在石子地板上。

桌邊這一群人趕緊跳起來，圍到她身邊幫忙。

「噢，親愛的，你還好嗎？」

「你撞到頭了嗎？」

「握住我的手，對了，慢慢來。」

「我我我—我我很—很很—」卡住。瑪姬的頭開始猛然搖晃、前後抽搐。「很好好好—」她的喉嚨痙攣。有幾個人往後退，臉上露出一副困惑、驚訝，然後是警惕的表情。

「她還好嗎？誰趕快去叫救護車？」

「她一定撞到頭了！」

在那一刻，瑪姬看見佛瑞德從吧檯走回來，手上拿著一杯檸檬汁和一杯啤酒。

他趕緊放下飲料走向她。

「她沒事。來吧，起來囉。這是我孫女瑪姬，她沒事。天啊親愛的，你的椅子一定翻倒了！謝謝，你們大家。」他扶起椅子，幫瑪姬再坐下來。瑪姬感覺得到自己臉頰上的紅暈。她真想消失不見。」

「嗨，佛瑞德你好呀。」一個穿著牛仔褲和法蘭絨襯衫的男人說。他壓低聲音，可是瑪姬還是聽得見他講的話。「佛瑞德，她不是沒事。我覺得她撞到頭了，沒辦法好好講話。」瑪姬拿起菜單，試著從椅子上往下溜一點。

「賈哥，她真的沒事，謝謝你。」佛瑞德鎮定的說。「她有點口吃，只是這樣而已。你繼續吃午餐吧。」他說。「我們很好。」男人似乎沒有被說服，不過還是回到他那桌去，其他人都在竊竊私語、低聲講話。

瑪姬吐出長長一口氣。她的臉頰依然紅通通的。

「瑪姬，你沒事吧？」佛瑞德問，把那杯檸檬汁推到桌子這端。

她點點頭，望著佛瑞德，但在她的眼角餘光中她發現幾個村民依舊盯著自已看。

「別理他們。」佛瑞德平靜地說。「他們不至於不明事理。」

瑪姬在桌子底下緊握拳頭。她的臉頰變得更紅了。讓自己看起來像個傻瓜不是問題，問題在於他們之前講的那些話，關於朗帕斯，說他是可怕的怪物。正因為瑪姬知道他現在多麼脆弱，卻不曉得該怎麼辦。正因為挖土機已經開始鏟平森林了，那些樹木很快就要消失了，就連老橡樹也一樣，雖然瑪姬知道，她真的知道，老橡樹非常古老，又非常獨特。這讓她想對所有人大聲吶喊——那些村民為什麼要怕朗帕斯，佛伊勛爵又為什麼毫不關心威達克，還有佛瑞德，在瑪姬試圖告訴他時，為什麼不肯相信，害她還得偷東西還有說謊。

一個年輕女人送來他們的食物。「來囉，」她愉快地說：「兩份炸魚和薯條。」

「謝囉。」佛瑞德說。「看起來很棒。」

瑪姬把盤子推開。

他們下午回到家。佛瑞德打開後門，掛好車鑰匙。「瑪姬，怎麼了嗎？」他又說了一遍。「你幾乎什麼都沒吃，而且午餐後你變得好安靜。」

他已經問了三次。瑪姬再次點點頭。

「我沒沒沒事事事事事。真的。」

佛瑞德顯然很失望。「好吧。」他說。「也許我會去小屋，再處理一下我的車子。」

「好啊。」她尖銳地說。

瑪姬一直等到佛瑞德出門。她討厭看他這樣煩心，也沒辦法一直生他的氣，可是她現在只想趕快去威達克看朗帕斯。她看了看廚房的時鐘，三點四十五分。她不敢再去拿冷凍庫的東西，選擇拿了一罐肉醬義大利麵罐頭。她把開罐器塞進外套的口袋，就從後門出去。如果幸運的話，這段路途會讓她的頭腦變清楚，說不定還會激發什麼點子。她連忙趕路。

Chapter 38

她眼裡的神情有些不安。

朗帕斯嗅了嗅空氣。是女孩！他朝她飛奔而去，撞上她的腿，用頭磨蹭她的膝蓋。她往旁邊踉蹌了一下。

「小心點啊，」她說，試著站穩腳步。「停！你差點就把我撞倒了。」她跪下來，用雙臂環抱他的脖子。他高興地發出噗噗的呼嚕聲，磨蹭她的肩膀，又發出一陣噗噗的呼嚕聲。朗帕斯發現她不像平時那麼想玩，眼裡的神情有些不安。她似乎……很緊張。他繼續用臉頰摩擦她的肩膀，不過結果還是一樣。

「我帶了東西來給你，」她說，拿出口袋裡的罐頭。「噢糟糕，可是我忘了帶碗。」她四處張望。「我想我們只能湊和在地板囉。過來這裡。」她走向她常待的那個位置，粗略地刮開一些覆蓋著半融雪的小樹枝和葉子，然後打開罐頭，把裡頭的東西倒出來，一堆冰涼、凝結的食物。

朗帕斯懷疑地聞了聞那堆結塊的東西，露出不屑一顧的表情。

「怎麼啦？」瑪姬說。「之前你也是這樣對鄉村派……你不喜歡煮過的肉嗎？」

她坐下來。朗帕斯立刻對她伸出腳掌。現在她準備要玩了吧。可是她沒有。

有什麼事不對勁。他盯著她看，他們都很安靜，沒說任何話，但沉默中卻已經訴說了千言萬語。

Chapter 39

她不能再保持沉默了。

瑪姬一直跟朗帕斯在一塊兒，直到她再也不敢繼續逗留的最後一刻。等她回到小屋時，星星都已經出來了，佛瑞德正在廚房裡煮湯。整間屋子都是橄欖油和迷迭香的味道。瑪姬脫掉靴子，過去洗手。廚房桌上擺著一堆棋類遊戲和遊戲卡牌。

「嗨，」佛瑞德轉過身來說。「我還在想你上哪兒去了呢。你到威達克去了嗎？有點晚了，不是嗎？」

瑪姬點點頭。她還是既生氣又有罪惡感，可是同時也很害怕。為朗帕斯感到害怕。她還沒想到任何計畫，時間一分一秒流逝。

「對了，我拿了一個盒子要給你，讓你放你所有的貝殼。」

他在盒子裡鋪了一層棉絮。

瑪姬跑到佛瑞德身邊，很自然地用手臂抱住他的腰。

「噢？」他似乎很驚訝。「怎麼啦？」

「今天很謝謝你。」她說。

「我很喜歡跟你一起尋找貝殼。我會好好珍惜它們的。」

佛瑞德放下湯匙。「我也是。」他說，轉過身來，回了她一個擁抱。「我們改天再一起去。」

他們整晚都沉浸在一輪接一輪的填字和西洋棋遊戲裡，佛瑞德每次只要一被瑪姬打敗，就會高舉雙臂，而且次數可多了。有那麼一段短暫的時間，瑪姬試著不去想朗帕斯，不去想那些村民、森林，以及她能做些什麼，來阻止這一切。

第二天早晨，瑪姬被佛瑞德的電話鈴聲吵醒。她下樓吃早餐時，他還在講電話。當他從書房回來，瑪姬才剛剛幫自己倒了一碗穀片，佛瑞德看起來憂心忡忡。

「瑪姬早安呀。」他說。「剛才村裡的梅寶・哈利斯打電話給我。顯然有一群羅斯木連的居民要在村裡的集會堂召開緊急會議，時間就是今天中午。她不肯透露細節，只是說這件事跟公眾健康與安全密切相關。」他搔搔側腦袋。「那究竟是什麼意思？」

瑪姬覺得穀片彷彿卡在自己喉嚨最深處。她試著把穀片吞下去，不要吐出來。

「我我我－ㄨㄛㄛ我可以去嗎？」她問。

「如果你想去的話，」佛瑞德拿下眼鏡，揉揉眼睛。「不曉得你為什麼想去就是了。」他說著，又走了出去。

早晨一分一秒流逝，瑪姬愈來愈緊張，幾個鐘頭後，當他們把車開進集會堂的停車場時，她又更緊張了。放眼望去，到處都停滿了車。

「先下車喔，」佛瑞德說。「我得停在路邊稍微有點遠的地方。」

瑪姬站在一棟灰色磚瓦屋頂的老石造建築前，這讓她想起紹瑟姆小學的校舍以及諾拉護士，她心情更糟了。她下意識地揉了揉左手掌心，佛瑞德幫她拆線後，傷口已經完全癒合了，但這塊皮膚還是很敏感，留下一道繃緊發紅的疤痕。現在望著這道疤痕，瑪姬不禁想這道疤是不是永遠也不會消失了。

「好囉。」佛瑞德回來後說道。「往這邊走。」風吹動他的白髮。他打開一對沉重的棕色門扉，瑪姬緊緊跟著他。好幾位村民跟在他們後面進來，好像全村的人都來了。她希望沒人會認出她是那個「從椅子上摔下來，不會講話的女孩。」她垂下頭，有點想握住佛瑞德的手，可是她沒有這麼做。

集會堂是一間寬敞的棕色房間，一端有座簡樸的舞台。有人在房間裡擺好幾排搖搖晃晃的折疊椅，還放了一張小桌子，桌上放了一大瓶一大瓶剛泡好的茶。房間聞起來有地板蠟和濕外套的味道。大部分的椅子都已經有人坐了，正你一言我一語交談著，還比劃著各種手勢。

佛瑞德和瑪姬找了後面的位子坐下來。幾分鐘後，一個戴著沉甸甸黑色眼鏡的女人走到台上，手裡還拿著寫字板。她拍拍手，吸引大家的注意，房間立刻安靜下來。

「大家早安啊，嗯，其實已經下午了。我想感謝大家過來。你們大多數人都知道：我叫梅寶．哈利斯，是教區委員會的職員。」她停下來，清了清喉嚨。「現在我想直接切入重點，有些人對於最近有人在這個區域，看見一隻大貓表達了關切，一隻怪物般的貓。也有人說，我們當地的郵差席德．寇提斯，也在羅斯木連村目擊到那隻生物。」

瑪姬偷偷看了一眼佛瑞德。他原本盯著梅寶看，現在卻轉過身面對瑪姬，皺起眉頭。

「我也看見牠了！」一個戴紫色手套的女人，從座位上跳起來瘋狂揮舞著手。

「是的，謝謝你，桃樂絲。」梅寶．哈利斯朝她的方向點點頭。「請坐著就好。我正要說，還有我們社區其他受人敬重的成員也是。可是昨天這件事引起委員會的關注，因為奈吉爾．威廉斯在一場殘酷的攻擊事件中，失去兩頭羊。他說牠們被支解了。」空氣裡充滿訝異與驚懼的耳語。

「我想邀請任何有話想說的人上台。」她繼續解釋。「接下來委員會才會決定下一步怎麼做最好。」

聽眾紛紛七嘴八舌的講起話來。瑪姬的心在胸膛裡怦怦直跳。她耳朵裡充滿了轟鳴聲。佛瑞德用奇怪的眼神盯著她看。

「瑪姬？」他低聲說。「你有什麼事情沒告訴我嗎？這跟那隻野——」他猶豫了一下說：「你救的那隻農場的貓有關嗎？」

瑪姬的嘴唇乾燥的像沙子一樣。沒有任何話語跑出來。她依舊直直盯著前方。然後她點點頭，下巴只微微動了一下。佛瑞德在椅子上調整了一下姿勢，搖搖頭。

「這不可能吧。」他小聲的說。

梅寶．哈利斯嚴肅的拍拍手。

「如果你有建議或想法，請到台上來，自我介紹一下，然後公開跟大家分享意見，不要只是你們自己交換意見。」

一位戴著布帽、穿著米色毛衣的老人沿著舞台旁邊的台階爬上去。他拖著腳步，講話很小聲。

「我是奈吉爾，奈吉爾．威廉斯。我的羊從來沒發生過這樣的慘劇，牠們的內臟被拉出來，腿也被扯掉，實在太恐怖了。森林裡有某種野生動物，不對，某隻怪物在竄逃，我說我們應該解決掉牠，愈早愈好。」他往後退開。一小群人聚集在舞台一側。

接著，一個繫著鮮豔頭巾的女人走上前。瑪姬認出她就是幾天前在郵局見過的女人，帶臘腸狗散步的人。

「我認同奈吉爾的看法。我們不能再拖延下去。我覺得我們應該設一個陷阱。如果不這樣做，誰曉得下次又會有什麼動物遭殃？我的小廷可真的很小欸，他不可能靠自己抵抗巨大的貓怪物！快設陷阱抓牠。」

「確實有可能，」下一個人說。「今天是羊……接下來就是我們疼愛的寵物了……我們的小孩、幼兒又會怎麼樣？簡直令人不敢想像。我們必須採取行動。」

幾個人跟著發言，直到隊伍中最後一個人起身，男人穿著厚重的靴子和一件沾滿泥巴的夾克。他留著濃密的深色鬍子，嘴巴很寬。瑪姬感到自己喘不過氣來，是那個在森林裡揪住她肩膀的男人。

「我叫布雷．柴契爾。抓住牠有什麼用？應該要殺了牠。我和奈德來處理。四十年來，我沒有一槍射不准。準備一些火把，召集一些人馬，我們會除掉牠。」

某人接著大吼。

「殺了牠！」

「射死牠！」

瑪姬感覺房間好像在傾斜。她的眼睛刺痛，喉嚨緊緊的。突然，佛瑞德站了起來。她望著他堅定地走到集會堂前面，不斷搖頭，彷彿這一切都是荒謬的鬧劇。他直接走到台上，揮揮雙手，使在場的群眾再度安靜下來。瑪姬緊緊握住椅子邊緣。她才是應該站起來的人，不是佛瑞德。她應該要挺身而出才對，告訴所有人事實，說他才不是什麼怪物。他是朗帕斯，是一隻雪豹，而且迷路了。這一切都不是他的錯呀。怎麼可能是他的錯呢？他只不過需要幫助。

「我想你們大多數人都認得我，我是崔梅恩醫師，大家也可以叫我佛瑞德。」

他清了清喉嚨。「我建議大家先退一步想想，在我看來，這整件事被過份誇大了。我敢肯定，這隻所謂的怪物只不過是一隻體型過大的農場貓。一如往常，最簡單的解決方案通常就是最正確的。這裡是羅斯木連村，我們身在康沃爾郡！這座村莊裡沒有野獸、獅子、老虎、豹子，或是任何其他類似的生物！查理．提姆布利爾的農場距離這裡並不遠，我知道他在那裡養了一些野貓。」

「可是那些羊又是怎麼回事？」有人插嘴說道。

「我相信自己雙眼所見！」桃樂絲高喊。

「農場的貓又不可能支解其他動物！」

佛瑞德繼續說，他的聲音很平靜，卻很堅決。「我們都知道小羊三不五時會被抓走。狐狸為了生存時會狩獵，或者狗也有可能跑出來，而且是的，導致的結果常常令人痛心。至於我們都『知道』自己看見了什麼，已經有各式各樣的資料記載，即使在最理想的狀況下，我們的雙眼也可能並不可靠，尤其是在特別恐懼或光線不好的情況下——比如黎明或黃昏，我相信這隻可憐的動物，應該就是在這種時候被人看見的。就我而言，我知道有時候我也會覺得自己看見一些什麼。」他把眼鏡靠近鼻子，在場的人大笑。

叩—叩—叩

人群安靜下來。一位瘦瘦高高、拱著肩膀、拄著銀色握把枴杖的男人走到台上。他一邊走路，一邊用拐杖敲擊著地板。

「謝謝你，佛瑞德。」他說。「我想我們已經聽你說的夠多了。各位女士先生們，我不必自我介紹了，你們都知道，基本上，我的家族在好幾世紀以前創建了這座村莊。」這時候他輕蔑地看了佛瑞德一眼。「佛瑞德，你可以下台了。我們都知道你一直在跟你的……」——他拍拍自己的腦袋說——「健康問題奮戰。」

瑪姬看得出佛瑞德非常憤怒。所以這個人就是佛伊勛爵了。他比瑪姬想像中更瘦、更虛弱。他舉起手示意房裡的人安靜下來。「我倒是不懷疑村裡的居民講的話，或者雙眼所見。這隻生物究竟是什麼根本不重要，牠很危險，而且不屬於這裡，不管你們想怎麼稱呼牠都行——怪物、野獸、大貓。重點是：我們的村莊、我們的寵物，還有最重要的是我們的孩子們已經不安全了。我始終相信威達克森林是黑暗又危險的地方，有許多害蟲與惡毒的生物。」瑪姬用雙手捂住自己的臉。「但正如你們許多人知道的，這不再是我們需要擔憂的事了。因為，現在，」——他停頓了一下——「我們有許多能幹的木匠與神槍手。我建議我們雙軌並行，架設陷阱，也派出狩獵隊，馬上就辦！我們一定會護衛好自己的家園。」佛伊揮揮手，露出志得意滿的笑容。

集會堂裡爆出熱烈的掌聲。

瑪姬覺得全身好熱，熱到她快窒息了。充滿掌聲的空氣像厚重的，一波波震碎她的巨浪，從四面八方壓迫而來。

她不能再保持沉默了。她不會保持沉默。

Chapter 40

他正在悄悄尾隨一隻小甲蟲。

當村裡的集會堂爆出熱烈的掌聲時，朗帕斯正沿著老橡樹一根最高最粗的樹枝前進，非常、非常、非常緩慢的前進。

他豎起耳朵、張開眼睛，張得很大。

他正在悄悄尾隨一隻黑得發亮的小甲蟲。

Chapter 41

如果你沒辦法為自己講話，就為朗帕斯講話啊。

瑪姬的雙腿無法克制地顫抖。她的舌頭乾澀粗糙。她站了起來，搖搖晃晃地走到前面。她盯著站在舞台一側的佛瑞德。他震怒不已。佛伊勛爵已經停下來不再講話，室內十分吵雜。瑪姬用眼角餘光看見梅寶．哈利斯緊緊抓著她的寫字板，不停揮舞，試圖讓房裡的人安靜下來，可是一切看起來，還有感覺起來都像泡沫一樣模模糊糊，所有東西的聲音、形狀全都是如此。瑪姬爬上台階，在台階頂端腳有點卡住，結果幾乎是踉踉蹌蹌地上了台。

「噢，你好啊……」梅寶．哈利斯說，一邊揚起眉毛。「你叫什麼名字？」接著她轉身面對房間的人說：「請安靜一點！」

瑪姬盯著梅寶．哈利斯看，她看著她那付厚厚的黑框眼鏡。房裡的噪音總算慢慢靜下來。眾人的沉默裡滿懷期待。

「你叫什麼名字？」梅寶．哈利斯再次重複。

瑪姬轉身望著人群。

「親愛的？」梅寶．哈利斯說，這一回變得更嚴肅了點。「請告訴我們你的名字，然後說出所有你想說的話。」

瑪姬看見佛瑞德還站在舞台旁，露出很疑惑的神情。

「メメメメ……メ。」她停了下來。房間裡靜悄悄的。有人咳嗽。瑪姬再度嘗試。她感覺到想說的話從喉嚨冒出來。瑪姬，她叫瑪姬。為什麼這幾個字永遠——永遠——這麼難說出口？可是空氣就是乍然停止，無法把這幾個音節送到外面的世界。出現的就只有一個拖得長長的「メメメメメ」的聲音。她能感覺到：恐慌感在她血管裡蔓延。

「メ—メメメメ—」她又試了一遍。她的腦際湧上各種畫面：同學們大聲嘲笑她、老師也在笑、陌生人瞪著她看、批評她、對她指指點點。她再度垂下雙眼。她想起朗帕斯，想起自己許下的承諾，說自己會為他發聲。**試呀，再試一次呀。**

「メメメ……メメメ……」她好怕自己現在卡住，怕自己無法克制地在這些人面前抽搐和顫抖。**拜託不要啊。請不要卡住。說出來呀。**

她再度張開嘴巴。**講話呀**，她催促自己。**講話呀，瑪姬，如果你沒辦法為自己講話，就為朗帕斯講話啊。**

從她喉嚨發出的第一個聲音是個軟綿綿的ㄊ。這個ㄊ是「他」的開頭，也是「他才不是怪物」這句話的開頭。可是只不過一瞬間，瑪姬就感覺自己的嘴巴和脖子都鎖緊了。過了一兩秒，她的臉完全沒辦法動，然後她的頭自顧自往後拉，開始搖晃，瑪姬的脖子和肩膀抽搐起來。

那句話還是沒有出現。

梅寶・哈利斯不曉得該如何是好。她就只是站著不動，目瞪口呆地望著瑪姬。大部分聽眾的反應也跟她完全一樣。期待的臉龐變成困窘的臉龐，期望變成尷尬。接著有個人突然克制不了地爆出大笑，然後其他人也跟著大笑。傻呼呼的大笑、毫不體恤、傷人、無知的小小嘲笑。可是一樣是嘲笑啊，瑪姬全都聽見了。

等她回過神來，佛瑞德已經走到她身邊。他用手臂環抱瑪姬，帶她走下台，用最快的速度走到外面。他協助瑪姬爬進荒原路華，關上車門。現在瑪姬開始哭了，她讓朗帕斯失望了。

佛瑞德坐上駕駛座，把手伸過來環抱她，耐心地等候，直到瑪姬有辦法好好呼吸，不再咳嗽為止。

「我們回家吧。」他溫柔地說。「我想你一定有很多話想要告訴我。」

他們坐在餐桌前。瑪姬緩緩地用她自己的方式和速度，把所有的一切都告訴佛瑞德。從最開始說起：她是怎麼發現朗帕斯被困在陷阱裡，然後衝回家拿繃帶……怎樣費盡千辛萬苦才弄掉陷阱……朗帕斯有多痛苦……她怎樣設法讓佛瑞德在幾天後出門去看他，可是他居然沒有出現，讓她覺得自己既尷尬又很蠢……她告訴佛瑞德自己找到項圈，發現朗帕斯的名字，還有她沒有先問過他，就把食物儲藏室的肉拿走，她覺得很愧疚……她告訴佛瑞德朗帕斯第一次靠近自己，跟自己玩時，她是什麼感覺……她覺得自己被看見了……還有他病得那麼重時，自己是多麼害怕……那時候老橡樹對她說話了，她非常確定，也就是因為這樣她才知道要提醒藥草，製作藥膏，森林幫了忙……最後，她還分享了自己發現朗帕斯痊癒時大大鬆了一口氣，那是她這輩子最快樂的時刻。因為，確實，他是野生動物，可是他也理解她，因為他跟她很像，也沒辦法把自己想講的話說出口。

佛瑞德傾聽著。

他一次也沒有打斷她的話，沒有催促她，也沒自顧自幫她講完任何講到一半的句子。瑪姬口吃時，佛瑞德沒有皺起眉頭，而她在這段過程中口吃了很多很多次。他沒有轉過身去，也沒有因此分心。他仔細傾聽，全心全意地傾聽，直到她再也沒有遺漏任何想說的話，廚房窗外的光線也開始消褪。

「真抱歉你第一次想告訴我的時候，我沒有聽你說，瑪姬。」佛瑞德說，聲音有點顫抖。「我真的很抱歉。親愛的，穿上你的外套。你現在可以帶我去找他嗎？已經黃昏了，我怕我們的時間已經不多了。」

Chapter 42

他豎起耳朵，凝視著黑暗，觀察著，等待著。

星期天下午稍晚，朗帕斯聽見遠方傳來人類的聲音。他蜷縮在老橡樹空心樹洞內，那些聲音並不是他熟悉的聲音，他抬起頭，期盼女孩也在其中，可是她不在。他起身，從邊緣參差不齊的老橡樹裡揚起鼻子，以便更清晰地分辨微風裡有什麼味道。他的尾巴左右擺動，拍擊著古老樹幹的內裡。那些聲音令他不安。他爬回底下。聲音來了又走，他掉進淺淺的睡眠裡。

幾個小時過去了，等他醒來時，太陽剛剛下山。有什麼事情不對勁。鳥兒們躁動不安，女孩一整天都沒來。他等待著。他又再等了一會兒。最後他爬出樹洞外，卻不太確定自己究竟在懷疑什麼。

森林裡飄散著他不認得的新氣味。他躲在濃密的灌木叢裡，緩慢地移動，觀望著四周，質疑著周遭的一切。他的感官完全呈高度警戒狀態，也許他應該要回到樹洞才對，可是他聽見沙沙聲還有什麼東西被折斷的小小聲音。靠近。移動。他凝視著前方的灌木叢，可是他處於上風處，沒聞到任何味道，也沒看見任何東西。這時候他聽見他們的聲音了，是人類，彼此竊竊私語的聲音。

「現在我們已經架好八把槍了，藏身處及所有東西都準備好了。陷阱也設置完畢。你相信我吧，這個東西不可能活著逃離這個地方。」

「他們設在哪裡？」

「我想是在主道路邊。那是唯一他們有辦法把卡車開進來的地方。但我們會在他們之前抓到他的。」

朗帕斯急忙溜走。

夜幕迅速降臨，月亮退到厚重的雲層後。朗帕斯沒有回到老橡樹那邊，他決定要離開地面，爬上一棵枝枒扎實的年輕山毛櫸。他爬得愈高，就愈有安全感。朗帕斯就這樣待在樹上，豎起耳朵，凝視著黑暗，觀察著，等待著。

一開始巨大的響聲還很遙遠。可是接著聲音愈來愈近，拍擊聲、敲打聲、捶打什麼的聲音。朗帕斯不曉得那些是什麼聲音，也不曉得聲音為什麼往這個方向來。聲音逐漸變大，他不喜歡這樣。他聽見踩著大步往前邁進的腳步聲，有一群人正在靠近森林。他坐了起來。他們現在沿著主道路過來了，呈扇形散開來。朗帕斯聽見大吼聲、驚呼聲還有吹口哨的聲音，以及棍棒敲擊樹枝，樹枝斷裂的聲音。現在聲音從四面八方湧來。他的毛皮刺刺癢癢，他焦躁不安地沿著樹枝走來走去。點燃的火把出現了，它們快速穿越林間，一簇簇亮橘色的火焰，此刻很靠近了，近到他可以聞到煙味。

敲！碰—碰！敲！

「唷吼！出來呀！」

「來啊！快給我出來！」

其中一支火把馬上就要出現在山毛櫸底下。朗帕斯已經受不了了。他驚慌失措地跳下來，拔腿狂奔。

「在那裡！」一個男人大喊。「我剛剛看見牠了！」

「抓住牠！」另一個男人大吼。

男人們緊追在朗帕斯身後，穿過黑暗，又吼又叫，火把熊熊燃燒。朗帕斯奔跑的速度很快，可是更多幫手現身，他們紛紛出現在前方的小徑，分散在樹木之間，像螞蟻般無處不在。朗帕斯轉身，再轉身，又再轉身。

「包圍牠，包圍牠！」

「穩住！」

朗帕斯繼續往前跑，從兩個蹲伏的人之間衝了過去。他速度很快，突破防線，要是有辦法抵達森林邊緣就好了。他往前衝，就快衝到森林邊緣時，聽見很大的一聲巨響！砰——砰的一聲划破天空。槍聲嚇壞他了。他趕緊停下來，完全沒思考就急匆匆地轉身。他盲目地衝回森林裡，在林間左彎右拐，盡可能避開黑暗中一簇簇的橘色火光。

最後朗帕斯逃到似乎唯一沒有一堆火把的小徑上。他實在跑得太快了，快到沒看見地上淺淺的坑，也沒察覺地面因為放了其他東西偽裝，觸感改變了。只是他腳下的地面裂開了，他往下掉，重重往下摔，速度很快，跌進一個用繩索做成的寬闊陷阱裡。陷阱緊緊裹住他。朗帕斯左右滾動、雙掌亂扒亂抓、用力發出嘶嘶聲，那個網狀的東西把他抬到空中，朗帕斯激動地用爪子抓扒網子。

「我們抓住牠了！」

有人對空鳴了兩槍以示慶祝，大叫聲響徹森林。「我們抓住牠了！」

一群男人拖起地上的網子，只見朗帕斯不斷猛烈擊打網子，他的四肢都被捆住了，他露出牙齒，繼續咆哮嘶吼。眾人拖著朗帕斯的身體，把他拖進一台大卡車後車廂。

幾秒鐘後，這些人甩上車門，朗帕斯發現自己被網子網住，被鎖在只開了兩個小洞的厚厚木板箱裡。他繼續猛力拍擊箱子，劇烈扭動自己的身體，不顧一切地想要脫困。可是他愈是奮力掙扎，只是感覺自己愈被困住。

「朗帕斯！朗帕斯！不可以！停下來！」

他想把頭轉向側面，很費力地想從木板的間隙往外看。是女孩。他聽得見她的聲音，她的腳步聲，她在奔跑，她為他而來。

可是現在男人們正在關閉卡車後車廂，木板箱正在移動，他在移動，而她似乎變得愈來愈遠了。

Chapter 43

我們必須去找他。現在就去。

「朗帕斯！」瑪姬尖叫著。「朗帕斯！不可以！停下來！」她看得到車道另一端的車尾燈，還有好多群眾和火把。瑪姬跑得更快了。

「瑪姬！等一下！」佛瑞德大喊。瑪姬沒有停下來等，她繼續往前跑，幾乎喘不過氣，雙腳快要不聽使喚。就在這個時候，她跌倒了，膝蓋和手掌插進土裡，指甲裡全是泥巴，泥巴甚至跑進她鼻子裡，眼淚流出來了。她哭了，踉踉蹌蹌地想再爬起來。她必須繼續跑才行啊。

「ㄈㄈㄈ放放—放開開—我，佛—佛瑞德！」

「瑪姬，已經太遲了！」

他把她往後拉。

「不！」瑪姬大喊。「我必須去找他。如果他受傷了怎麼辦？如果他們對他開槍了呢？我聽見槍聲了！」她的話順暢地說了出來，只是稍稍被流個不停的憤怒淚水哽住。

「瑪姬，停下來，他們已經開車走了！」

瑪姬用拳頭捶打佛瑞德的胸膛。「不！放開開—開開我，佛瑞德！」

「瑪姬！聽我說！瑪姬，我是站在你這邊的。」

瑪姬不能呼吸了。她的喘氣聲和話語全部混在一起，化作無法控制的啜泣。她不斷用拳頭拍打佛瑞德，可是他就是不放開她。

「來吧，」最後他終於說：「我帶你回家。」

等他們到家，已經快十點了。瑪姬的臉上沾滿泥巴和淚痕，但她的眼睛又憤怒又明亮。

「你你—你認認為—他們會帶他去哪裡？」她說，讓自己癱坐在餐桌前。

佛瑞德脫掉外套，拿下帽子。他打開幾盞檯燈，點亮窗台上一根粗短的蠟燭。

「只有一個農夫有那種平板卡車，就是奈吉爾．威廉斯。他今天在村裡的集會堂有發言，講了他的羊的遭遇。」

瑪姬記得那個講話很小聲、戴著布帽的人。

「他們可能把他載回奈吉爾的農場了。他們一定會把那個木板箱搬到奈吉爾的養牛場鎖起來，或是放到其他有又大又堅固的門的地方。」佛瑞德走過來，坐在瑪姬身邊。他用手順了順稀疏的白髮，看起來非常疲憊。

「那座農場在哪裡？」瑪姬說。「我們必須去找他。現在就去。」

「瑪姬，我們沒辦法今天晚上就去找他啊！」佛瑞德說。「有關當局會介入這件事：委員會、警方，現在會進行很多程序。」

「可是佛瑞德！你說你會聽我說的。佛瑞德，拜託，聽聽聽—聽聽我說。在這裡聽，現在就聽聽聽！我需要你在這裡聽我說，現在就聽我說話。」

「我會啊，我是啊，可是……」佛瑞德話講到一半就停下來了，彷彿連自己都不太相信自己講的話似的。

瑪姬努力克制自己夾雜著打嗝、不穩定的呼吸。「佛瑞德，我跟你見面第一天時，」她說，「你告訴我你有多愛動物。請坦白告訴我，你真的認為那些人不會傷害他嗎？如果我們可以把他從那裡救出來，那我們至少可以照照—照—照顧他，可以想個計畫。」

佛瑞德深深嘆了很長的一口氣。燭火在他身後發散著微光，閃閃爍爍，映照在窗玻璃上。「瑪姬，你不會認為我有辦法在這裡養雪豹吧，在這間農舍？」

瑪姬心底深處明白這件事，她只是不想承認。可是她不能放棄朗帕斯啊，現在不行。

佛瑞德望著她。「對這件事我有我的疑慮。如果把牠留給那些……」他停頓下來。「其實這提醒了我……」他從廚房抽屜裡抓了一枝筆和一小張紙，在紙上匆忙塗寫著什麼。「說不定，」他自言自語的說。「說不定可以找……莫莉……噢，她姓什麼呀？說不定她會有什麼建議……」

「佛瑞德，我知道你不能在在－在在在這裡養他。可是你至少可以暫時收留他嗎？直到我們可以想想想－想想到什麼辦法以前？」瑪姬覺得胃好痛。她的胸口好痛，眼睛後面也好痛。「到時候我就就就－至少可以跟他說再再再再再－」卡住了。「再見。」

佛瑞德嘆了一口氣。

「拜託，佛瑞德，」瑪姬說。「你是醫醫醫－醫醫生。你知道他嚇嚇嚇－嚇壞了，而且他可能會被射射－射射殺。」

瑪姬把手伸到舊松木餐桌另一邊。「他沒沒沒－沒辦法說出想講的話，」她說。

「如果我現在不幫他說說說—說話，還有誰會幫他說話？」

佛瑞德慢慢點點頭。「好，瑪姬，我聽見你想說的話了。所以，你建議我們怎麼做呢？」

「我們去接他。」

「然後呢？我們要怎麼把他養在這裡？我根本沒有任何獸欄什麼的呀！」

「佛瑞德，你是發明家啊。我們可以做一個呀，一起做。獸欄。」瑪姬捏了捏他的手，佛瑞德的手很粗糙，卻很溫暖。

「做一個？現在嗎？」

她點點頭。

佛瑞德向後靠在椅子上，大笑起來。「好吧……我想也不是不可能，我擔心的是『我們去接他』這個部分。」

「佛瑞德，他一定會來找我的，我知道他會。」

「瑪姬，我一點也不懷疑他會這樣做，可是我們還得先到農場、找到他，然後脫身離開農場……這聽起來簡單，但如果布雷・柴契爾跟他的人在那裡……我就不曉得我們有沒有可能辦到了。」他停頓了一下。「何況他們把他關在木板箱裡，如果我們沒辦法把他弄出來又該怎麼辦？我們要怎麼搬那個東西，更別說要把它弄進我的荒原路華？車裡根本裝不下那麼大的木板箱啊。」

專心啊，瑪姬。務實一點，快思考呀。「我們得製造一些混亂，讓他們分心，吸引所有人的注意力。那是農場……我們應該辦得到。」她說。至於木板箱……那倒是她之前沒考慮到的障礙。「等一下，佛瑞德……如果我們不ㄎㄎ一開開那輛荒原路華呢？」她微笑的說。

「你這話是什麼意思？還有什麼其他可能性嗎？」

瑪姬望著佛瑞德慢慢領悟她的想法，他淡藍色的眼睛閃閃發光。

「我知道這樣很瘋狂。」她說。「可是我們得試試看。我不能再讓他失望了，我不會讓他失望的。」

「好吧。」佛瑞德不可置信地搖搖頭說。「我們就試試看吧。可是必須在天亮以前完成，在他們睡醒以前。」

瑪姬從椅子上跳出來。「那就趕快來吧！已經沒時間可以浪費了！」

接下來三小時，佛瑞德的工作小屋充滿用金屬切割金屬迸裂的火星、電鋸的嗡嗡聲、釘子爆開乒乒乓乓聲、槌子碰碰碰地敲擊聲。瑪姬小心翼翼地跟佛瑞德一起工作。她測量和切割大片的細鐵絲網、鋸下一塊塊木頭，釘釘子，直到雙手起水泡，痠痛不已。她一點一點地落實計畫，他們在灰白的月光下，組合一座臨時獸欄。

「好囉，我想這樣就行了，大概可以用。」佛瑞德說，一邊舉著手電筒檢視獸欄的門栓。

瑪姬渾身發抖。他們在室外，就在菜園邊，寒風刺骨。現在已經接近凌晨一點了，一陣倦意襲來。佛瑞德停了腳步。「你要不要躺下休息一會兒？接下來這部分也只能靠我決定。」

「我沒—沒沒事。」她說。

「瑪姬，如果我們想成功，你會需要用很多能量。睡一個小時吧，等我準備好這個，就會叫你起床。」

「你保證？」

「我保證。」

瑪姬看著置身於黑暗中的佛瑞德，看著他眼睛裡的不認同。她心裡流過一陣滿滿的感激。「好吧，」她輕聲說。「謝—謝謝你。」

她回到屋裡，走到客廳，爐火早就熄了，只留下溫暖的餘燼。瑪姬躺在一張舊沙發上，閉上眼睛，可是她睡不著。

朗帕斯此刻在哪裡呢？他在睡覺嗎？或是害怕得醒著，因為被關在奇怪的木板箱裡？他受傷流血了嗎？他知道瑪姬要去找他嗎？

Chapter 44

我是說，如果我們開槍殺了牠……

「誰是小帥哥啊？」一個小眼睛的男人對著木板箱的橫條間說，他一張開嘴，就呼出尼古丁的陳腐氣味。男人用一根長長的樹枝戳著朗帕斯，他已經這樣戳了好幾個小時。「你是哪種野貓啊？呃？豹子嗎？」

朗帕斯對他發出嘶嘶聲。

男人把樹枝更往裡戳，戳刺朗帕斯的肋骨。朗帕斯轉過身來，咆哮著拍擊樹枝。他一揮腳掌，樹枝就應聲而斷，啪噠地掉到地面。朗帕斯已經成功弄掉網子，蹲伏在距離木板箱門最遠的地方。

「你這小毛球脾氣很大，對吧？來啊，讓我們看看你的牙齒呀。」男人撿起斷裂的半根樹枝，樹枝邊緣已經變得參差不齊、相當銳利。他繼續用樹枝戳朗帕斯。

「布雷，我累了，別理牠了，現在都超過半夜了。」

「你在開玩笑嗎？」

布雷轉向一個坐在穀倉邊、高高瘦瘦的男人。「奈德，這邊這隻小貓咪不該到現在還活著呀。我在森林裡沒讓牠一槍斃命，還不是因為那些蠢傢伙們一直擋路。我再告訴你一件事……」他從夾克口袋抽出一盒香菸。「人們為了得到貓皮是願意掏錢的。」他把一根菸放進嘴裡，咧嘴笑著說：「大把大把的鈔票啊。」

奈德換了個姿勢，靠得更近穀倉牆面。他打了呵欠，膝蓋上枕著一把獵槍。

「奈德！醒醒啊，享受生命的美好！」布雷說。「如果……如果這個毛茸茸的傢伙，不小心從箱子『逃脫』呢？等到天亮，你我站在這裡，搔著腦袋，看著奈吉爾，告訴他『我們不曉得發生了什麼事』。牠本來被關起來，一切如常，後來卻消失不見。」

「布雷，我們現在就是被雇來負責晚上的看守工作呀，要保持清醒，所以那種情況根本不可能發生。」

「可是如果我們『不小心』睡著？」

「兩個都睡著？」

「對啊，你這個白癡，兩個都睡著。」

「如果一隻野貓就從我們身邊破箱而出，我們怎麼可能沒醒？」

「好吧，那就說我們醒了，可是已經太遲了，這隻野獸已經逃走了。」

奈德拍拍他的獵槍。「那就是槍派上用場的時候，你知道我跟你一樣，百發百中吧。」

「你腦袋有問題喔？」布雷回嗆他。「我是說……我們開槍殺了牠，把屍體藏起來。弄成像是牠逃掉了的樣子，再把牠的毛皮賣個好價錢。奈德，我在倫敦有認識的人，那裡很容易把這東西銷掉，沒人會曉得是我們幹的。」

朗帕斯把身子蜷縮在木板箱另一端。這裡的聲音、氣味……所有的一切都令他暈頭轉向，感到陌生。

兩個男人繼續交談。

朗帕斯很害怕。

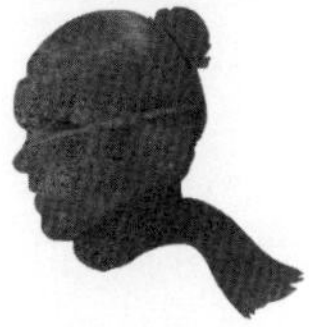

Chapter 45

朗帕斯，現在快跑！

「瑪姬？」佛瑞德輕輕把她搖醒。「瑪姬，我們準備好囉。」他低聲說，打開一盞小檯燈。

她張開眼睛，瞇著眼睛望著佛瑞德。「我一定是不小心睡睡睡—睡著了。」她說著坐起來，環顧客廳。白天的各種事件湧上心頭，瑪姬拋開毯子跳了起來。「現在幾點了？」

「快要清晨四點了。」佛瑞德說。

「我們還有時間嗎？」

「應該有，如果我們動作快一點的話。」

夜冷得刺骨，但到處銀光閃爍。

瑪姬跟著佛瑞德走到工具小屋。她瞥向夜空，看著頭頂星星滿天，燦亮無比，還有皎潔的月亮。她感謝有這些光線，他們會需要的。

「車子肯定夠大了。」佛瑞德拉開兩扇門說。「只是我不確定她夠不夠堅固。」

「噢，佛瑞德！」瑪姬驚呼。她跨過兩塊已經拆卸下來的大翅膀、一條條金屬、火箭推進器，還有各式各樣她不曉得名稱的機器零件。「但是你的飛行車呢？你把它完全拆散了欸。」

瑪姬的目光掠到她眼前這個奇怪、形狀又不平整的東西上，它現在看起來半是牛奶卡車、半是馬車，裡頭還加了一些手推車和太空船的零件。

「不過引擎運轉得很好唷，」佛瑞德說，一邊帶著瑪姬走到車後。「這是最重要的部分。再看看這個。」他拉了一下裝置後方側邊的操縱桿，落下一扇門，形成一座斜坡。他指著整整齊齊捲在後面的一串鍊條。「我會坐在駕駛座，就像我們之前說的，只要你一發出提示信號，就可以馬上開走。你只需要轉動這個握把，就可以把斜坡板再收回去。」他碰了碰從不怎麼搭的地板凸出來的一根大大的曲柄。

「看……如果情況需要，我們甚至可以把整座木板箱裝進來。」

瑪姬的心怦怦跳。她點點頭。這整座裝置實在太天才了，很瘋狂，不過很天才。

「好囉，你穿得夠暖和嗎？」佛瑞德說。「外面很冷。」

瑪姬露出了微笑。「夠暖和。」

這台飛行車已經沒有翅膀，瑪姬不確定它是否真的能離開地面。她的安全帶真的就是一條皮帶，佛瑞德的皮帶，而且似乎一點也不牢固。前面沒有車門，她坐在看起來像是某種舊式牙醫診所座椅。他們開過大門，經過車道時，引擎轟然怒吼、乒乓作響。

「我我—我們可以再複習一次計畫流程嗎，佛瑞德？」

佛瑞德雙手緊緊握住方向盤，彷彿方向盤隨時都會散開似的。瑪姬試著不往那邊看。

「好，我會把車停在農場大門外面。你從車道溜進去，進入庭院。然後……首先，找到朗帕斯。接下來，製造一些干擾讓他們分心，接著等到你準備好，就給我信號。我們一起用最快的速度把他裝進車子裡，就迅速離開。」

「什麼信號？」

「看看你腳邊的分隔，裡頭有一個照明彈。只要把它瞄準天空，拉動繩索，明白嗎。現在你先掛在脖子上。我會仔細看，一看到信號就立刻過去。」佛瑞德繼續說：「可是記住，路很窄，所以我可能只能倒車進去。」

瑪姬做出祈求好運的手勢。現在她不像之前那麼有信心了。

他們又繼續開了好幾英哩，直到抵達一條小路，路旁有一塊手繪的標誌，上面寫著「特雷格拉爾農場」，底下有乳牛的剪影。佛瑞德轉彎，飛行車繼續沿著小路往前開，一直開到他敢開的最遠的距離為止。他關掉引擎，便示意瑪姬下車。

「這會帶來好運。」他輕聲說，俯身在瑪姬手掌裡放了一顆小小的橡實。瑪姬對佛瑞德微笑。她把橡實塞進口袋，爬出車外。佛瑞德對她揮揮手，然後指著山丘下的方向，可以看得見幾幢建築圍繞著一座開放式的庭院。

瑪姬盡量靠近路肩走。等她走到山腳下，面前出現一座有五道橫杆鐵柵欄的巨大鐵門。她正準備爬過鐵門時，想起佛瑞德會需要她讓門開著，尤其是如果他要倒車進去的話。瑪姬把門閂拉向一邊，然後推開鐵門。巨大生鏽的門栓嘎吱作響。她愈用力推，嘎吱聲音就愈明顯，非常吵雜。瑪姬突然僵住，大門才推了一半，就停了下來。一隻狗開始吠叫。瑪姬用力咬牙，迅速把大門完全推開，大門再度發出嘎吱聲，瑪姬也皺起眉頭。她又僵住了一會兒，心臟狂跳。會有人聽見狗叫聲嗎？她仔細盯著那些建築，焦慮地觀察有沒有哪盞燈突然打開。都沒有，只是狗似乎過了很久很久才不再繼續吠叫。

瑪姬還是很緊張，繼續沿著不平整的車道走，直到抵達主院為止。空氣中彌漫著農場的味道，有馬糞和乾草味。她決定先查看有大門的建築，從一座大穀倉開始。一側的門連接到一間馬具室，裡面全是厚重的皮革馬鞍和各式各樣的馬勒、繩索與馬具。接著瑪姬冒險走進一間又一間馬廄，靜悄悄地在陰影間潛行。兩匹大拖車馬在黑暗中好奇地看著她，瑪姬真想停下腳步摸摸他們，他們真的好美，看起來很溫柔，可是她忍住了。朗帕斯不在這裡，不在任何一座空馬廄裡，她只發現一堆大捆的乾草，還有大包大包的馬飼料。她連忙離開，趕快跑到隔壁比較小的穀倉，結果只是更多空空的隔欄，還有一隻被嚇壞的老鼠，可是根本沒有什麼木板箱。

外面的光線似乎愈來愈亮，頂多再半小時左右可能就要破曉了。瑪姬從一幢建築物跑到另一幢建築物，沒有多久，她就開始擔心佛瑞德是不是搞錯了，說不定這裡根本就不是正確的農場。她檢查了每一塊圍地，從很大的雞舍，到金屬打造的豬圈。還是一樣，什麼都找不到。

她轉身掃視所有方向，可是沒有用。她得回去告訴佛瑞德他們犯了天大的錯誤。瑪姬正要往外走時，眼角卻剛好瞥到一絲橘色亮光。她隨即轉身。那是一間小屋嗎？她剛才有進去看過嗎？她不確定。這棟屋子很小，而且一副快要散開的樣子，藏在雞舍後面。第二道光閃閃爍爍，看起來像是點了根火柴，接著是一個橘色的點，有人正在點菸。

瑪姬掉頭，悄悄靠近小屋。她蹲在一扇又小又髒的窗戶底下，緩緩將頭抬到橫檔上。布雷．柴契爾站在小屋一端，就在另一個瘦瘦高高的男人面前。瑪姬倒抽了一口氣。布雷有槍，長管獵槍。他們正在爭吵，模模糊糊的憤怒聲傳來。她踮起腳尖，努力想再多看到一點。她瞥到了，兩人身後有什麼東西，一個木板箱，有木板條圍欄，是朗帕斯！

瑪姬感覺自己被恐懼、憤怒雙重重擊。她沒料到這些人會有槍。

接下來好幾件事快速接連發生。布雷．柴契爾突然從瘦巴巴男人手中搶走獵槍，把槍上膛。他跪下來，把槍管推到木板條之間。瑪姬握住自己脖子上繫著的信號彈，拉開插銷。她沒有按照佛瑞德說的朝天空發射，而是朝著隔壁的雞舍發射。信號彈用力彈射出去，一陣明亮的紅光發出一聲巨大的「碰」！在農場的庭院裡猛然爆開。驚慌失措的雞隻從雞舍往外衝，吱吱嘎嘎的大聲尖叫，還引起農場裡所有動物一整串連鎖反應。

瑪姬真心盼望佛瑞德有看見紅光，儘管她並沒有發射到高高的天空中。不管是哪種狀況，都沒時間確認了，他們的計畫已經毀了。

就在那一刻，小屋的門忽然被推開，兩個男人衝出來，布雷手上還握著獵槍。農場裡很多地方都開了燈，狗兒開始吠叫，所有動物也都加入，此起彼落，尖叫或示警的嚎叫。瑪姬溜進小屋，奔向木板箱。她用手掌按住後方開口的木板條上。

「朗帕斯？朗帕斯？你還好嗎？」她小聲問。

聽見她的聲音，朗帕斯把頭抵著木板條側面，磨蹭著木板，發出噗噗的喘氣聲。

「噢，朗帕斯！你沒事，真是謝天謝地！」瑪姬說著，並用力把手擠進去。「我看見你了。我在這裡。對，是我，瑪姬呀。趕快，我們動作要快，我得把你救出來。我可以……該怎麼辦……」她把指尖擱在木板箱的木門上。上面有兩道主要門閂，只是門閂上都有一層厚厚打結的繩索固定著。瑪姬極力想鬆開扭緊的繩結，手指都發抖了，這下子他們不可能在不被人看見的狀況下移動木板箱了，就算佛瑞德已經開著那台奇特的車過來也一樣。快點，**快點**啊。

外頭的噪音近乎歇斯底里。瑪姬聽見更多的人大呼小叫、跑來跑去，腳步聲朝這邊來。拜託啊！第一個結總算鬆動了，她開始努力拆第二個結，朗帕斯在箱子裡踱來踱去，不斷喘氣。

「我一定可以把這個……打開，」瑪姬說，手指用力擰。「噢，拜託！朗帕斯，你一定要跟我走啊……可以了！」她打開了第二個結，把門推開。

朗帕斯見到瑪姬實在是太開心了，他靠著瑪姬，輕輕推她，用腳掌碰了碰她，瑪姬必須克制自己，不然她真想停下來擁抱他。「朗帕斯，我們得走了！快點，跟我來！」她催促朗帕斯。「來吧！」她非常激動地揮手召喚他。他還是沒動，她雙手雙膝著地爬向他，直到她的頭和肩膀都塞進木板箱為止。

突然，外面的嘈雜聲一股腦衝進小屋，雜沓的腳步聲、奔跑聲，還有喊叫聲。

「朗帕斯，**現在快跑！**」瑪姬把手伸向他。

「嘿，這是怎麼回事？」傳來非常憤怒的聲音。

瑪姬感覺自己的心緊緊縮在一起，有那麼一瞬間，她覺得自己沒辦法呼吸了，這時候，布雷．柴契爾把頭探進木板箱，擋住她唯一的出口。

「你到底天殺的在裡面做什麼？」他大吼，臉孔因為驚訝與不可置信的憤怒，揪成一團。

瑪姬放聲尖叫，接著，她感覺到他把手放在自己肩膀上，使勁拽著自己，他的手指簡直就像老虎鉗，讓她動彈不得。她試圖掙脫，可是他實在抓得太緊了。這時，瑪姬用了她唯一想得到、讓他鬆手的辦法，她用力咬他，布雷因為疼痛，發出尖銳的大叫聲，還緊緊抓住自己的上臂。

「你這個小女巫！」他憤怒地大吼。瑪姬往前衝。「朗帕斯！」她大喊。「往這邊！」雪豹停了一會兒，用雙眼掃視混亂的現場。到處都是亂跑的雞隻，現在奈吉爾和他太太也穿著睡衣到了庭院，追趕著雞隻。鵝嘎嘎大叫，狗兒們也還在吠叫。瑪姬慌亂地停下來往回看，很怕朗帕斯會轉身去追那些雞或鵝，不過他還是待在瑪姬身邊。

「奈德，快阻止她！奈德！她偷走貓了！快動作呀！」布雷大吼。「快跑呀，我的老天你也幫幫忙，快跑！」

瑪姬整路衝刺，直到看見飛行車慢慢沿著小徑倒車的笨重身影才停下腳步，隨機閃爍的燈光，在半明半暗的光線下若隱若現。她跑過去，用力捶打後門，才想起操縱桿就在側面。瑪姬用力扳下操縱桿，斜坡板降下來，她急忙爬進去。可是朗帕斯猶豫了，在乍現的破曉微光下，她看見那兩個男人迅速跑上山丘。「朗帕斯，快來呀，」她小聲說，對自己竟然忘記帶食物來給他感到有點氣惱。「爬進來，不會有事的。」兩個男人愈靠愈近了，朗帕斯的雙眼緊張到閃著光。他左右踱步，擺動著尾巴。「朗帕斯，拜託，進來吧！」可是他還是繼續踱步。

瑪姬又從車裡爬出來。她以前從來沒嘗試過把他抱起來，實在不曉得他會怎樣回應，可是她已經走投無路了。

「相信我，」她輕聲說。「拜託，請你相信我。」

「停下來！你這個小偷！立刻給我停下來！」

瑪姬用盡全力摟住朗帕斯。他又大又重，她幾乎快抱不動他了。他扭來扭去，瑪姬感覺他的爪子陷進自己的背，她搖搖晃晃地往斜坡走，一邊跌跌撞撞地，一邊把朗帕斯提起來，放進飛行車的後行李箱。

「趕快開車！」她大喊，用拳頭捶打車廂後方。「**開車**，佛瑞德！**快開車呀！**」

佛瑞德一定是聽到她的話了，因為飛行車突然發出低沉沙啞的聲音，忽然往前傾。瑪姬開始把斜坡板調高，還有一半沒關上時，就又傳來低沉沙啞的聲音，接著是巨大的「碰」一聲，引擎熄火了。他們停在半山腰，接著緩緩向後滑動。

Chapter

46

女孩就在他身邊，這一點很令朗帕斯安心。

朗帕斯緊緊抓住這奇怪車輛的地板，好讓自己不要滑下去。他的爪子在木頭和金屬拼接地板上，留下深深的抓痕。女孩就在他身邊，這一點很令他安心，可是其他所有事全都讓他很不安，這輛車不斷搖晃抖動，引擎乒乒碰碰的聲音既吵鬧，又令人緊張。

突然，所有的事都停止了。

他只聽得見車輪輕輕向後滑動的聲音。斜坡板只收了一半，女孩看起來很緊張，可是依然繼續轉動一具銀色的大把手。過了一會兒，他聽見腳步聲、沉重的碰碰聲，還嗅到些許走味的尼古丁氣味。朗帕斯盡可能退到最遠的角落。

突然，一雙手抓住升高到一半的斜坡板。男人們開始大喊大叫。

「奈德，快來幫我！現在！」「這東西在往後滑！我沒辦法啊！」

朗帕斯聽見呻吟聲還有咕噥聲，留著濃密鬍子、小眼睛的男人將頭和肩膀硬是撐在收到一半的斜坡板邊上。

女孩放掉操縱桿，用拳頭用力捶打車板。

「佛瑞德，快點！開車呀！佛瑞德，快開走！」

「你不可能這樣逃掉的，你這個小女巫！那隻貓不是你的！」男人還在試著把自己拖進車裡，他就快要成功了。

呼呼—噹啷噹啷—啵啵啵啵—碰！

車子猛然用力往前衝，引擎又轟地一聲開始運轉，他們又開始移動，使勁爬上山丘。朗帕斯伸長爪子，將爪子深深刺進地板裡。他發出嘶嘶聲，接著又吐出低吼。噪音和煙霧實在太嚇人了，可是不知為何，留鬍子的男人還是繼續撐著，而且不停大吼大叫。

喀噠。朗帕斯轉身，看著女孩先前轉動的把手開始往反方向旋轉。斜坡板突然往下倒，車子逐漸加速，斜坡板也猛然向前晃動。掛在車邊的男人最後憤怒地大喊一聲，不得不放手，往山丘下滾落。斜坡板前端刮擦著不平整的小路，彈跳時發出巨大的喀噠喀噠聲，男人也跟著大聲喊叫咆哮。

女孩激動地轉動操縱桿，試著想再讓它升起來。朗帕斯感覺噁心想吐。他滑過來、滑過去，不斷轉身，卻依舊找不到合適的位置躺下來。他們繼續移動，碰碰撞撞、喀噠喀噠，此刻他們繼續上坡，車身持續搖搖晃晃、很不平穩。

車子急轉彎穿過大門，突如其來地左轉。這種震盪對朗帕斯來說實在已經受不了了。他覺得自己的胃在收縮，朗帕斯閉上雙眼，他吐了。

Chapter 47

別再試圖傷害他了。讓他活著吧。

瑪姬一隻手用力摀住嘴巴，還是感覺作嘔。朗帕斯吐了，那種氣味加上飛天車的震動和搖晃使她也瀕臨噁心嘔吐的邊緣。這段路程還不到二十分鐘，感覺卻像花了一輩子的時間。她連忙爬到一邊，試著吸進冰冷的新鮮空氣，只要能緩解那種氣味就好。

破曉時分，他們正好把車開進小屋的車道。佛瑞德打開斜坡板，瑪姬瞥見地平線上的威達克森林，森林被背後冉冉升起的太陽照得透亮。一陣虛脫感突然向瑪姬襲來。

「他真美。」佛瑞德輕聲說，這是他第一次看到朗帕斯，聲音裡帶著敬畏。接著，他轉向瑪姬。「你成功了。」他說。「你把他救出來了。」

「我們成功了，佛瑞德。」她說。「如果沒有你的幫忙，我不可能成功。」

佛瑞德露出微笑，協助瑪姬跳下車。瑪姬回頭看了大門一會兒。「你覺得那些男人會找找找—找到我們嗎？」她說。

「不會，」佛瑞德說。「這個老女孩一開始移動，他們就追不上我們了。」他拍拍駕駛艙側面。「不過我們先把朗帕斯帶到他的新獸欄去吧，要確保所有東西都安全地鎖好。」他接著說。

瑪姬覺得好疲倦，又有點反胃，幾乎沒力氣哄朗帕斯走進他的新獸欄。

「來吧，」她輕聲說。「你在這裡很安全。」朗帕斯有點不情願地跟在她身後。

「瑪姬，來吧，我送你進屋裡去，上床睡覺。在面對明天之前，我們兩個都該好好睡個覺……我是說今天剩下的時間。」佛瑞德望著灰白的天空說。

「讓我在這裡再待一——一下下，」瑪姬說，望著對面的朗帕斯。「我不想離開他，還不想。」她沒辦法完全確定布雷．柴契爾會不會躲在暗處。

佛瑞德張開嘴巴，隨即又閉上嘴。「好吧，」他說。「可是我要拿一些毯子給你。」朗帕斯重重癱倒在獸欄另一個角落，尾巴不安地左右擺動。瑪姬慢慢往前靠近他，躺在朗帕斯身邊。「我在這裡。」她說。「現在他們抓不到你了……」她的聲音愈來愈微弱，她感覺自己的眼皮沉重地往下垂。瑪姬不曾感到如此疲憊，也不曾感到這麼如釋重負。

幾個小時後，瑪姬被一輛車子駛進車道上的聲音吵醒。她揉揉眼睛，在冰冷清爽的陽光下眨著眼睛，還微微發抖。朗帕斯還躺在她身邊，半睡半醒。他們緊緊蜷縮著，並肩躺在地板上，瑪姬的肩膀上裹著厚厚的毛毯。她頭很痛，感覺昏昏沉沉，搞不清楚現在幾點了。接著她看著自己的燈芯絨長褲，上面都是嘔吐物，然後所有的一切都回到她腦海了：救援行動、布雷．柴契爾、搭車回家的旅程。她想起柴契爾憤怒的臉，忍不住皺起眉頭，彷彿他隨時都會來敲佛瑞德家的門。

她又揉揉眼睛。

是車門關上的聲音。

她現在能聽見一些聲音了，熟悉的聲音，一個男人和一個女人。瑪姬坐起來。那一瞬間，她想起來了，她突然意識到今天就是星期一啊！

她跳起來。朗帕斯張開眼睛，可是沒有移動。她讓他留在獸欄裡，鎖上門，衝到屋子的前門。

文森和艾弗琳．史帝芬斯就站在車道口，一輛計程車從他們身後開走。瑪姬奔向她媽媽，伸出雙臂去抱她。她簡直喘不過氣來，把頭埋進媽媽的羊毛外套還有媽媽的氣味裡。她還沒辦法開始整理那些似乎快要把自己吞噬的糾結情感。

「瑪姬！天啊，我真的好想你！」史帝芬斯太太回抱瑪姬，一次又一次地親吻瑪姬的頭頂。「我的寶貝，噢，看到你真好！」

瑪姬往後抽回身子。她原本在微笑，接著卻皺起眉頭。

「媽媽，我也很想想—你。」她說。然後，她注意到媽媽臉上驚訝的神情，她知道自己看起來多麼灰頭土臉，而且聞起來一定很臭。她的燈芯絨褲髒兮兮，有一些葉子和小樹枝碎片纏在毛衣上，指甲邊縫裡都是污泥。

「瑪格麗特？」她爸爸瞪著她說。「老天啊，這裡究竟發生了什麼事？看看你現在的樣子！你的味道。艾弗琳，看看她的模樣！」

「文斯，打招呼就好了。」史帝芬斯太太平靜地說。

「你之前到底在做什麼呀？」

瑪姬仰頭望著爸爸。「爸爸爸—爸爸，你你你—你好。」她說。她看得出他眼裡充滿了失望。她不確定自己該不該試著擁抱他，他的西裝看起來那麼乾淨。

就在那一刻，佛瑞德從屋裡走出來，雖然他看起來很疲憊，至少已經換上乾淨的衣服。他的腳步踩進碎石中。沉默，厚重而令人不安，瑪姬感到焦急、心神不寧，彷彿有人在她胃裡塞進了一群蒼蠅似的。她的眼睛輪流望著三個大人，這時，佛瑞德伸出手。

「文森，」他說。「謝謝你親自過來，我們過了……」——他停頓了一下——「一個高潮迭起、多事的夜晚。我們有很多事情需要談談了。」

史帝芬斯先生和他握了握手，但什麼話也沒說。瑪姬可以從他緊閉的嘴角看出他很生氣，接著，佛瑞德轉向她媽媽，擁抱了她好一會兒。

「你好啊，爸，」她輕聲說。

史帝芬斯先生清了清喉嚨，打斷了他們的擁抱。接著，他俯身去拿行李箱。

「進去吧。還有，瑪格麗特，拜託，把你自己梳洗乾淨。」他簡短地說，跟在佛瑞德身後進屋。

「瑪姬，等一下，」史帝芬斯太太說。她脫掉手套，把一隻手伸進外套的口袋裡。「還有人也想見你喔。」

「威靈頓！」瑪姬覺得自己喉嚨哽住了。她把威靈頓放到手掌上，把他貼近臉頰。「噢，我好想你唷。」她小聲說。「我真的好想你。你得見見朗帕斯，不過他不會傷害你的。嗯……我們只要稍微小心一點就好了。」她轉向她媽媽。「媽媽，真的很很很謝─謝謝謝─謝謝你帶他一起來。」

史帝芬斯太太露出微笑，輕輕摸了摸瑪姬的頭髮。她抽出一根小樹枝。「我也很想帶笛子、夏綠蒂，還有所有的潮蟲們，可是沒辦法帶那麼多隻。不過隔壁的維納太太會幫忙照顧他們，所以別擔心，等我們回家，他們都會好好的。現在，也許你該先洗個澡，這樣我們就可以好好聊聊了。」

「媽媽，我有好好好好─好多事想告訴你。」他們走進屋裡時，瑪姬說。

「我等不及想聽你告訴我所有的事情了。」史帝芬斯太太說。

可是他們才走到門邊，就聽見車道邊傳來吵鬧憤怒的大吼聲。

瑪姬嚇了一跳，她轉過身去，看見一群男人和女人們大步走過礫石小路。她的胃一沉。帶頭的是布雷．柴契爾，還有昨晚跟他在一起的那個男人。他手裡拿著一條又長又粗的繩子。那群人看起來很生氣。有些人看見她，開始大喊大叫。有些人還帶了耙子、鏟子還有長棍。

「到底怎麼回事？」史帝芬斯太太說。「瑪姬，快進去，請外公出來。」

佛瑞德已經走出來了，一臉嚴肅的史帝芬斯先生緊跟在他身後。「讓我來處理。

我保證馬上跟你們解釋。」佛瑞德走過他們身邊說。

史帝芬斯太太一臉困惑地轉向瑪姬。「親愛的，我不懂這到底是怎麼回事，可是請你待在屋裡，快點，趕快進去。」

「不，」瑪姬猶豫地說。「我必必—必必須看—看看看發生什麼事。」

瑪姬感到有人緊緊握住她的肩膀。「你聽見你媽媽的話了。」史帝芬斯先生說。「進去。」

可是瑪姬掙脫了她爸爸的手，跑向佛瑞德。佛瑞德高舉雙臂，揮舞著雙臂，試圖讓群眾後退。

他們對他拋出一堆問題與議論。

「佛瑞德，我們知道是你！把他交出來！」

「讓布雷完成他的工作！」

「看看那個女孩是什麼樣子。」

「她真丟臉。」

「放棄那頭怪物吧，佛瑞德，佛瑞德，那樣我們就會離開，我們沒有人想到這裡來。」

「佛瑞德，這是我們都同意的，把牠交出來！」

「夠了！」佛瑞德大喊。「你們沒有人有任何權利，不管什麼權利都一樣，像一群憤怒的暴民一樣大搖大擺地到這裡來。這是私人產業！現在，尼可斯巡佐—」

碰、碰、碰。

佛瑞德的話被一根銀柄拐杖敲擊礫石的聲音打斷了。佛伊勛爵走到人群前方。

「我們絕對有權利，崔梅恩醫師，」佛伊說，他的聲音非常堅定。「那頭生物對我們的社區是一種威脅，需要處理掉。這座村莊一點也不適合野生豹，不管你對這件事有什麼荒唐的想法都一樣。尼可斯巡佐是到這裡來確保那頭生物被剷除，一勞永逸地剷除。」

瑪姬覺得自己的膝蓋變得虛軟無力。她之前讓朗帕斯失望過一次，可是這次不會再這樣了。不是此刻。她輕輕摸了摸佛瑞德的手臂。他盯著她看，她的目光跟他交會了一下，然後他點點頭。

「我有有有—有有有話想ㄕㄕㄕㄨㄛ說說說，」瑪姬開口說。「十天天天天—天天前，我發現一隻雪豹被困困困—困在捕獸夾裡。」她抬起雙眼，直視群眾的臉。有好多人，大家都在聽她說話。瑪姬的心臟怦怦跳，在她小小的胸腔裡用力跳動，吸入空氣，再把血液往外打。有那麼一瞬間，她覺得好熱，真的好熱，所有的面孔都糊成一片。

所有人都安靜下來。

瑪姬只聽得見自己的心臟跳動的聲音。

有人咳嗽了一聲。

靜默持續著。

瑪姬閉上雙眼。她想著當時朗帕斯臉上的表情，他第一次張開眼睛看見她，腳掌被陷阱夾住。那時候他一定嚇壞了。

「他的名字，」她揚起聲音說。「叫朗帕斯。他不是怪—怪怪怪—怪物。他沒辦法告訴我們他是怎怎—麼來到這裡，或是為什麼來到這裡。可是不管理理—理由是什麼，他需要的是我們幫幫—幫助他找—找到合適的家。找到做做—做他自己的方法。活下去。」

「佛瑞德和我會找到ㄋㄋㄋ能—能—能好好照顧他的地方。需要花點時時—時時間，可是我們現在已經幫他準備好堅固的獸獸—獸欄。他沒辦法出去。他會很安全，直到我們弄清—清清楚接下來該怎麼做為止。而且你們也都會很安安安—安全，你們所有人。」

「你們必須了了了解，他不是怪怪怪－怪物。他是活生生的生命，有感感－感覺和需求……就跟我們其其－其他人一樣。所以別－別別再試圖傷害他了。讓他活著吧，按照原本的樣子活。」

瑪姬用力吞嚥口水。她說出了自己想講的話。雖然她從頭到尾不時還是會口吃，不過她確實已經一五一十地說出自己想講的話了。

佛瑞德把手放在她手臂上，溫柔地捏了她的手臂。

瑪姬炙熱而充滿愛的心裡，有某種東西掙脫了束縛，突破了自我。

她說出了自己想講的話。

感覺很好，實在太好了。她從來不曾有過這麼棒的感受。她試圖想找到對的詞彙，想描述自己的感受。如釋重負嗎？不對，不只如此、再強烈一點。自豪嗎？對，她感覺到一種輕盈，彷彿自己在飄浮。她對自己做的事感到自豪。她被理解了。她的聲音被聽見了。

「也許她講的話有道理。」後面有個高個子的女人說。

「不，她的話不對，」布雷．柴契爾說著，一邊用肩膀擠到前面。「自從她到這裡來之後，根本什麼貢獻也沒有，只會帶來麻煩而已。」他在地上吐了一口口水。

瑪姬把下巴抬高了一點點，迎接他的目光。

Chapter 48

他不論身在何方都可以認出她的聲音。

朗帕斯豎起耳朵。他一隻向前彎，另一隻向後彎，這樣兩隻耳朵就可以朝向相反的方向。他能聽到屋子另一側傳來人類的聲音，一群人，吵吵鬧鬧。

然後，是那個女孩的聲音。

他不論身在何方都可以認出她的聲音。他起身，開始來回踱步。

細鐵絲網讓他很困擾，朗帕斯無法理解為什麼要把他跟她隔開。

Chapter

49

他也已經太過馴化了。不可能靠自己生存下去。

布雷瞪著瑪姬，眼睛因為光線瞇得小小的，瑪姬回瞪他。

「布雷，可以了吧。她已經說出她的意見了。如果牠已經被鎖起來，我們要的其實不過如此。」一位戴著破破爛爛棕色帽子的老人說。

「我想看看籠子。」後面另一個人說。「才能確定安全性！」

「安靜！」佛伊勛爵大吼。他用拐杖尖端指著瑪姬的臉。瑪姬並沒有因此後退。

「你以為自己是誰呀？」他說。「膽敢到這個村莊來，教我們該怎麼做？你只不過是個罪犯，闖進奈吉爾的農場，擾亂所有的動物，偷走東西。你和你的瘋祖父根本連照顧自己的錢都不夠了，還想照顧什麼野貓嗎。」他轉向佛瑞德，一邊揮舞著枴杖。「立刻把那隻動物交出來，否則你們就犯法了。」

佛瑞德瞪著佛伊。「我不可能照你的話做。」

接著同時發生了好多事。

佛伊用拐杖戳佛瑞德的胸膛，布雷撲向瑪姬，整個人群都往前推擠。瑪姬被推倒，她踉踉蹌蹌地摔倒。史帝芬斯先生強迫自己加入人群，揪住柴契爾夾克的衣領。佛瑞德抽走佛伊的枴杖，史帝芬斯太太則是奮不顧身地想要擠到瑪姬身邊。

響亮的哨音響徹空中。

「**所有人冷靜！**」尼可斯巡佐大喊。「你們都該回家了，包括你在內，先生。」他看著佛伊勛爵，嚴厲地加了這句話。「整個場面已經失控了。小瑪格麗特已經陳述了她的意見，我會親自調查這件事的安全性，獨自一人。現在，你們所有人都該回家了。」他再次吹響哨子，在空中揮舞警棍。「回家！馬上！」

一些村民不情不願地轉身離開，碎念著他們的不滿。瑪姬抬頭，看見她媽媽把手伸向她。她小心翼翼地起身，這時候，她看見佛伊拿回拐杖，用拐杖指著佛瑞德。

「崔梅恩，我跟你的帳還沒算完呢。」他說。「給我記住。」

「我才跟你沒完。」佛瑞德回答。「因為你跟我永遠不可能用同樣的方式看待這個世界。」接著，他搶走佛伊的枴杖，像扔出長矛似的把枴杖拋出去。「馬上離開我的車道。」

瑪姬望著佛伊在空中揮舞的拳頭，接著他轉身，一跛一跛地離開。瑪姬拍掉自己膝蓋和雙手上的灰塵。

「瑪格麗特？」

她轉過身去。她爸爸的領帶歪掉了，臉上掛著一種她從來不曾見過的表情。他的眼神似乎……變得比較柔和。

「你剛才的演說很不錯。」他說，他的聲音幾乎在發抖。「我想我們最好進屋裡去，梳洗一下。」他摸了摸額頭一側的一道刮傷。「然後你可以告訴我們這一切究竟是怎麼回事。」

瑪姬點點頭。她望著他走回小屋，還把手插進口袋裡。她跟在後面，腳步變得輕快，心也比從前更加勇敢。

不久後，瑪姬坐在廚房的桌子旁，已經換好衣服也洗過臉，等著爸爸媽媽隨時可能會下樓來。她用手指輕輕拍了拍桌面，佛瑞德正在泡茶，同時做一些起司三明治。一陣疲憊感又向她襲來，瑪姬感到害怕，她很怕自己沒辦法幫朗帕斯找到安全的地方。尼可斯巡佐已經離開了，可是他表達得很清楚，朗帕斯不能久留。

「佛—佛瑞德？」她說。「我們該怎麼辦？」

佛瑞德掀開茶壺的蓋子，放了一把新鮮茶包進去。他安靜了一陣子。「瑪姬，我也不怎麼確定……至少目前還不確定。」

「如果尼可斯巡佐要我們撲撲撲—撲撲殺殺他……該怎……」她實在沒辦法講完這句話。

佛瑞德走過來，坐在瑪姬旁邊。他握住她的手。

「我以前認識一位女士，是很久以前的事了。她叫莫莉．貝奇特。在戰爭期間，她一直在倫敦動物園擔任志工。她是一位非常棒的人。我已經試著跟她連絡了，顯然她已經搬到了蘇格蘭，在那裡經營野生動物庇護中心。我聯絡過的那位動物飼育員給了我一個住址，建議我們寫信給她。他似乎認為那間庇護中心已經有一隻雪豹了，是母雪豹，年齡跟朗帕斯差不多。」他停頓了一下。「瑪姬，我對你保證，我們會找到解決辦法的，用某種方式。」

瑪姬看著他。聽起來似乎希望不大，可是她知道佛瑞德是真心的。她只是不曉得那是不是真的有可能成真。朗帕斯不屬於動物園，可是他同樣不屬於康沃爾郡的鄉間。就算奇蹟真的發生，他們找到辦法，把他野放回大自然的棲息地，比如中國、蒙古或是百科全書上面提到的棲地，他也已經太過馴化了。他絕對不可能靠自己生存下去。她想起他的臉、他的情感和本能……所有她知道隱藏在他身體裡的事物……如果他有辦法說話，他會訴說的一切。

「佛瑞德？」瑪姬又說。「我的口吃永遠也也也—沒—沒辦法消失，對嗎？」

他捏了捏她的手。他的動作溫暖又溫柔。

「看看你剛剛做的事……今天早上你有多麼神奇。口吃沒有阻止你，對吧？你完全講出了自己想要說的話……**你必須說的話。**」

「可是真的好難。我到現在還還還……還還是覺得好害怕。」

「我懂，親愛的，我懂。歸根究底，你真正需要的只不過是再多一點點時間。」

她也回握他的手。

「可是我還是不不不—不—不喜歡自己的聲音。」她低聲說。「大家會笑笑—笑我。他們不把把—把我當一回事。我不想比其他人花—花更長的時間。」

「瑪姬，每個人都有自己想要改變的地方。不論是他們的外表、他們的聲音、他們從哪裡來、他們擁有什麼，或是他們沒有什麼。」他停頓了一下。「我們當中有些人對這些事的感受會比其他人更強烈。但事實上，我全心全意地相信，在這個美麗而複雜的世界，每個人都有自己的位置，就像我們現在這樣。事實上，正因為如此，世界才需要我們。」

瑪姬試著不要哭出來。佛瑞德說得對。

水壺開始發出沸騰響聲。佛瑞德放開她的手站起來。瑪姬抹了一下眼睛。

過了一會兒，史帝芬斯先生走進了廚房。

「文森，你好啊，我正在準備一點吃的東西。」佛瑞德說。「我只需要再去食品儲藏室拿點牛奶就可以了。艾弗琳要下來嗎？」

史帝芬斯先生點點頭。「她馬上就下來。謝謝你，佛瑞德。」

佛瑞德離開小屋一會兒。瑪姬抬起頭。她不曉得要跟她爸爸說什麼才好。她很想什麼話都告訴他，同時也什麼都不想說。

「今天早上，在那些人面前，你……」史蒂芬斯先生開口，卻又停下來。瑪姬不確定，不過他的情緒似乎是害怕。

「沒關係的。」她低語。有那麼一瞬間，瑪姬能從他的角度觀看自己，可以理解自己就是他無法忍受的變數的一部分，她是他認為需要修復的東西。

但這是這輩子第一次……瑪姬意識到他錯了。大錯特錯。

Chapter

50

她會來的。

朗帕斯在獸欄裡踱步。

有幾個人來了，其中一個穿著黑色制服，制服上有銀色扣子，還戴著形狀古怪的帽子。他們把獸欄的門晃得喀喀作響，還拉動門鎖、拚命去扯一根根的柵欄。穿著黑衣的男人渾身汗臭與恐懼。

女孩依舊沒有回來。

他不停地來回踱步，躁動不已，一心盼著她回來。這麼多不熟悉的噪音和氣味讓朗帕斯很困擾。

她到哪裡去了？

他停下腳步，揚起鼻子，尋覓她的蹤跡。他把頭轉向屋子，等待著。

她會來的。

Chapter 51

不會容易，可是一切都會安然無恙的。

他們一談完之前發生的所有非比尋常的事，瑪姬就迫不及待想要回到朗帕斯身邊，可是他們卻還是坐在廚房的桌子前，還是應該要吃午餐，儘管現在已經快下午三點了，卻沒有人吃過任何東西。瑪姬不耐煩地用指尖拍著木頭桌底下，幾個人之間突然出現一陣始料未及的沉默。

史帝芬斯先生清了清喉嚨。「你知道我們還有一件事要談吧。」他說，聲音裡充滿了煩躁。「我們沒有必要一直假裝這件事不存在。」

「等等，」佛瑞德趕緊說，放下他的三明治。「就像你剛才聽到的，過去二十四小時對我們來說非常辛苦。所以如果跟瑪姬的口吃有關，我們可以明天再談，然後……」

「我很感激你願意接納她，」史帝芬斯先生插嘴，「但我們原本就同意……如果這裡的空氣沒辦法讓她的狀況變好……她就要去顧蘭村接受妥善的治療。」他停下來喝了一口水。

瑪姬盯著盤子裡的起司碎屑。一陣反胃的噁心感從她腳底湧起，在她的胃部翻攪。這一切都順利的讓人難以置信。爸爸像這樣來到鄉間，一邊聽他們說話，一邊跟佛瑞德聊天，還問她關於朗帕斯的問題。

「可是我錯了。」

瑪姬抬起頭。

「瑪格麗特，今天聽你講話……為這頭豹子、為你自己還有你外公挺身而出……在所有人面前。」他停下來，用力嚥下口水。「你已經好多了。或許不是我預期的那方面，但你已經好多了，好很多很多。」

瑪姬盯著他看……她看著他深綠色的毛衣、燙得直挺挺的白襯衫、他僵硬緊繃的肩膀。「可可—可可是—我還以為……」她開口說。

「讓我講完。」他繼續說，「你媽媽和我之前去顧蘭村看過。我必須很羞愧地說……那裡跟我想像中完全不一樣，完完全全。這就是為什麼……」他又暫停了一下，撫了撫自己的頭髮，「我們擴大了搜尋的範圍。還有另一間學校……聖安小學，也許適合。那間學校比較遠一點，可是我認為只要做某些調整，我們應該可以配合。」

瑪姬轉向她媽媽。她幾乎不敢相信自己剛才聽見的話。史帝芬斯太太把手伸到餐桌另一側，對瑪姬微笑。「你不必去顧蘭村了。」她說。瑪姬握了一下她媽媽的手。「我跟你說過爸爸會改變想法的。」

「文森，」佛瑞德靜靜地說，「我真高興。」

「嗯，」史帝芬斯先生說。「我之前懷疑過這是不是正確的決定，現在我很確定了。」他咳了一聲，把盤子上的刀叉擺得整整齊齊。瑪姬看了爸爸一會兒。他用力眨了眨眼睛。「所以……」他清了清喉嚨，很快把目光別向一旁，「那這隻雪豹在哪裡？」

「我可以現在帶你你你—你們去看，」瑪姬跳起來說。「他不會傷害你們，我保保—保證。好吧，或許只會有一點點，可是絕對不不不—不是故意的。他非常……喜歡玩。」她咧開嘴笑了。

「我去拿相機，」史帝芬斯太太說，同樣露出了微笑。「我想拍一些照片。」

當他們四個一起走到戶外時，午後的光線已經開始黯淡下來。瑪姬帶他們走到小屋後面，繞到獸欄邊，朗帕斯正在來回踱步。一看見瑪姬，他就興奮地跳起來。

「你好啊，」她輕聲說，把手指伸過鐵絲網。朗帕斯用臉頰磨蹭瑪姬的手，推擠著鐵絲網，開心到發出噗噗聲。

「實在是太不可思議了。」史帝芬斯太太說。「他真美！他在做什麼呀？」

「這只是他跟我打打打—打打招呼的方式。混合了打打打—打噴嚏、噴氣、貼貼臉，還有擁—擁擁抱。」她大聲笑了出來，貓咪則繼續用肩膀緊貼著鐵絲網，又發出噗噗聲。

瑪姬打開獸欄的門，走了進去。朗帕斯飛奔過去，貼近她的腿，差點就把瑪姬撞到一旁。「嗨！」她說。「小心一點嘛。」

他似乎突然長大了，腳掌已經不像之前那麼笨拙、肩膀也變寬了一點。瑪姬伸出手摸摸他，可是他把她的手臂勾到一旁，迅速地想拽倒瑪姬。他的爪子在無意間劃到她手臂內側，沿著她外套的袖子勾出一道長長的刮痕。

她媽媽倒抽了一口氣。

「你確定這樣安全嗎？」史帝芬斯先生說著，揚起眉尖表示懷疑。

「是的，爸—爸爸。」瑪姬說，立刻想把傷痕藏起來。「他不是故意傷人的，真的不是故意的。」

瑪姬的爸爸媽媽不安地互看了一眼。

朗帕斯翻滾成仰躺的姿勢，踢著後腿，邀瑪姬繼續跟他玩。

「瑪姬，還是要小心一點喔。」史帝芬斯太太說。

「噢，好的……不要緊的。」

「不要緊的……至少現在還是如此。」佛瑞德說。「可是沒辦法再撐多久了。」

瑪姬揉了揉朗帕斯耳朵後面厚厚的柔軟毛皮皺褶。她知道朗帕斯絕不會故意傷害自己。不過確實如此……他似乎不曉得自己的力量有多大。

他們都待在那裡，看著朗帕斯打滾、嬉戲，看著瑪姬陪他玩，三不五時就輕輕拍拍他。史帝芬斯太太拍了一些照片，瑪姬微笑著。不久，太陽就下山了，天空披上晚霞。佛瑞德鼓勵大家進屋去喝杯新鮮熱茶。

「我一會兒就進進—進去。」瑪姬說。她還想再跟朗帕斯多相處幾分鐘。他翻身躺到一旁，伸展自己的腿。瑪姬在他旁邊躺下來，想著所有發生過的事：一開始她是怎麼發現他困在陷阱裡，後來差點就要失去他了……她想起他們突襲農場，以及後來發生的一切。瑪姬想著那棵宏偉的老橡樹，現在她已經學到的那個訊息——那種她是某種廣闊神祕存在的一部分的感覺。

她望向日光消逝的地平線、望向威達克森林。對自己溫柔一點，做人本來就不容易了，她心裡想。但身而為人也很美好啊，無比美好。她想著佛瑞德，還有他這些年來收集保留的所有神奇美好的東西……鳥巢、種子與果實的外殼、押花、乾燥的葉子、瑪瑙貝殼……還有橡實。橡實欸。

她繼續逗留直到天黑，星星在藍黑色天空中閃耀，直到時間到了。瑪姬瞥向自己背後，回望小屋。她看得見爸爸媽媽映在客廳窗戶的剪影，被佛瑞德的爐火照亮了。也許他們之間的一切會開始改變。但願如此。

朗帕斯搖搖尾巴，看著她。瑪姬伸出手，觸碰他厚實的銀色毛皮，接著她雙手雙膝著地，把身體往前傾，這樣她的臉部高度就與他相仿。

「我們會幫你找到安全的地方。」她說。「你可以在那裡安心生活，不必害怕。不會很容易……這一切都不會很容易。」她感覺心裡一陣痛楚。光是想到必須跟他告別，都讓她難以忍受。「可是你會沒事的。」她輕聲說。「是的，你會沒事的。」

他看著她，就那麼一會兒，他的眼神柔和又充滿信任。瑪姬感覺朗帕斯好像也在對自己訴說著同樣的話語，只是他的話語不是由聲音或一字一句組成，不是在大腦或喉嚨裡形成，也不是由嘴巴或舌頭說出來。它們不是這種語言，不必如此。瑪姬明白。

不會容易，可是一切都會安然無恙的。

風吹動佛瑞德家附近樹木的樹梢，瑪姬抬頭仰望，為星星與無垠的夜空彼此相連感到驚嘆不已。月亮升起、太陽下山，這個獨特的星球緩緩轉動。瑪姬想起老橡樹溫暖黝暗的空心樹洞是怎樣庇護著朗帕斯。她轉身面對遠方的山頂，森林參差不齊的剪影在遠方幾乎已經看不清了。她用手臂環抱著朗帕斯。

「我會幫樹木說話。」她輕輕地說。「而且我也會為你說話的，我保證。」

今日

阿斯彭研究所

美國科

後記

一位年長的女士站在一座大講台邊。銀白色的短髮，她笑容可掬地迎向大家，一顆門牙有缺口。她轉開一瓶水，喝了一口。她的雙手看起來很穩定，但內心卻十分掙扎，公開演講對她來說很困難。

她左側的大螢幕上投影了一張黑白照片，一個小女孩與一隻雪豹他們鼻子碰鼻子。女孩在大笑，豹子的耳朵往前探，大大的腳掌擱在女孩窄窄的肩膀上。如果你不了解情況，很可能會覺得雪豹正在微笑。照片底下引用了這句話：**至少我可以為那些無法為自己講話的他們發聲——珍．古德博士**

女人清了清喉嚨，房間裡安靜下來。三百個人正望著她，等著聽她說話。

「午安，」她開口說：「我叫瑪─瑪─瑪瑪格麗特．史帝芬斯，我有口吃，請大家耐耐─耐心等待。我需要多一點點時時─時間講話。」

她注視著聽眾們的眼睛。她的外表看起來冷靜又自信，其實心裡還在奮戰。她接著說了一個故事——她聲譽卓著的國際職業生涯，始終致力於自然保育與更宏大的目標。

一切都始於一場森林中的散步，還有一隻被困在陷阱裡的雪豹。她點開了一系列投影片，一張一張解說。那是一個令人意想不到的故事，聽眾們都聽得津津有味。最後她的簡報終於到了尾聲……

「朗—朗帕斯活了下來，」她說。「雖然他的生命跟從前再也不一樣了，也不不—不可能跟從前一樣，不可能過著雪豹應有的生活……不過他被照顧得很好，而且我因因—因此還可以常常到蘇蘇—蘇格蘭的那間野生動物庇護中心去看他。他很滿意那裡，跟另另—另一隻名叫蘿西的雪豹在一起。動物飼育員懷疑他他他—他們有某種程度的血緣關係。那間庇護中心非常特—特特別，後來已經成為教育與生—生—生—生—生態保育的領頭羊。」

她停頓了一下，拿出一張照片，照片裡是一座森林空地中央一棵巨大的、被閃電劈開的老橡樹。「不幸的是，老橡樹的遭遇就沒這麼順遂了。到一九六三年的夏夏夏夏—夏天，威達克森林已經被完全剷平，到今天，已經不復存在了。」

下一張照片是一間很大的購物中心。

女人轉回來面對聽眾們，她從口袋裡拿出一顆小小的棕色橡實。

「不過佛伊勛爵對這件事沒有最後的決定權。這顆橡實屬於我外公。我們設法在老橡樹被砍下來之前，從樹枝上盡可能搶救更多的橡實。外公後來持續領導康沃爾郡的林地復育行動，在他過世前種了好幾幾幾—幾千棵新樹，那些樹木到今日已經比這棟建建建—建築物還要高了。」

她展示了一張年輕森林的照片，照片裡的天光斜斜篩過樹梢。

女人在這麼大的講台上顯得很嬌小，可是她以自己獨特的活力吸引了整間屋子的人。「我就是在威達克森林，明白萬物儘管脆弱卻緊緊相依相繫。這個領悟永遠改變了我的生命。正是在那裡我明白，世間萬物都會說話……鳥兒、昆蟲、動物……就連樹木也一樣……萬事萬物都會說話，只是使用不同的語言。」

她又點選了下一張投影片，也就是她的演說的最後一個圖片：地球，因為不同層次的綠、藍、棕和白色調而耀眼無比，像它周圍的所有星星一樣明亮。

「關於這個世界，還有許多我們不知道的面向存在。理解彼此的方式，也不僅僅是由文字、詞句或是由人類的嘴巴，或是人類之手形塑的字母與聲音，所構成的語言。」

她露出微笑，接著用手指著螢幕。

「這是史上第一張地球的照照—照片，是一九七二年阿波羅17號太空船的團—團隊拍攝的，是威達克森林被剷平後不到十年內的事。」

她轉身看著聽眾，刻意放慢說話的速度。「這個美—美麗複—複雜的世界是我們唯一擁有的。我外公教過我，為了保護地球，我們每個人必須用各自微小的方式，去做我們能能—能做的事。我們的行動是有意義的，我們的聲音都很重重—重要……我們必須發出自己的聲音。」

觀眾席的人們開始鼓掌，掌聲愈來愈大，直到最後他們一個接一個從座椅上起身，熱烈歡呼。女人站在講台對大家點頭致意，她已經說出自己想講的話，還有很多工作得做，她了解這一切不會容易，不過她抱持著希望，因為她知道：自己的話語充滿了力量。

作者附錄

關於樹木，以及全世界如何努力復育森林

幾年前我發現蘇珊娜・西馬德的作品，她是加拿大英屬哥倫比亞大學森林與保育科學系教授，後來我又讀了彼得・渥雷本撰寫的《樹的祕密生命》。我了解了樹木是如何透過細緻複雜的根與真菌系統彼此「交談」，森林對於人類社群其實也具有類似的功能。我從小在英國鄉間長大（幾乎都光著腳丫），深深被這些知識吸引，而且也因為明白這些事而喜悅不已。

根據各種文獻記載：如果人類想好好面對氣候變遷帶來的影響，並且保存全世界珍貴的自然棲地，保育以及森林復育就扮演了關鍵性的角色，我們真

的全都緊緊相繫。珍．古德博士時常談論，我們每個人可以為世界帶來何種影響，我們可以用我們微小的方式，每天每天不斷努力。我們或許會覺得自己只不過是一個個體，做出的選擇對大環境無足輕重，可是事實並非如此。只要有很多很多人做出細小的改變，就會促使巨大的事情發生。

如果正在閱讀這段文字的你還很年輕，很想立刻採取行動，或者開始進行你自己的相關計畫，請查閱「根與芽相關資訊」（Roots and Shoots），這是珍．古德機構的青少年行動計畫。這個網站上有許多啟迪人心的故事和實用的建議，還有告訴你如何親身參與實踐計畫，你可以用自己的聲音，為當地的社區帶來改變。這個網站對想要支持年輕人，努力建造更美好世界的成人與教育者也是很棒的資源：www.rootsandshoots.org。

世界上有許多國家都有不同的組織致力於復育森林，以下這些組織值得你更進一步去了解：

One Tree Planted: www.onetreeplanted.org

The Nature Conservancy: www.nature.org

Conservation International: www.conservation.org

Eden Reforestation Projects https://edenprojects.org

Andes Amazon Fund: www.andesamazonfund.org

關於販售大貓，以及今天我們所做的各種相關保育工作

著名的哈洛德百貨公司的「寵物王國」過去確實曾經販售「具有異國風情的」寵物，比如小象、美洲虎、豹，以及鱷魚。幾年前，我讀到一篇文章，提到一九六九年，兩位年輕背包客在寵物王國買了一隻小獅子。他們幫牠取名為克里斯蒂安，把牠帶回位於國王路的家。不過沒多久，情況就有點失控，為了野放牠，兩個年輕人也因此開始他們漫長又艱辛的努力。最後他們總算成功，在動物保育學家喬治・亞當森的協助下，讓牠重新回到肯亞生活。克里斯蒂安的故事最終以快樂結局收場，不過令人難過的是：這個故事並不能代表那個時代大部分被販售的大貓的命運。一九七六年，英國政府通過「瀕危物種（進口與出口）法案，總算終止所有種類外來寵物的販售，寵物王國也轉而販售居家動物，比如貓、狗與兔子，這家店

一直營業到二〇一四年為止。

我正在研讀克里斯蒂安的相關資料，並在構思這個故事時，一位親近的朋友寄給我艾倫・拉賓諾維茨博士的錄音檔，內容是這位著名的動物學者與保育學家在紐約「飛蛾電台時光」（The Moth Radio Hour）節目上的演講，談起他的兒時經歷，他小時候只要對人類講話就會有口吃問題，可是對動物講話時卻不會，他也談到他在跟自己心愛的寵物相處時得到很大的安慰。他回憶起去布朗克斯動物園玩的時候，看見一隻美洲虎被關在一間空蕩蕩的房間裡。就在那一刻，艾倫決定：如果他能做到的話，他將來一定要為這些大貓發聲，因為牠們沒辦法為自己說話。後來艾倫真的這樣做了，他長大後成為引領野生動物保育協會的保育學者，後來還在二〇〇六年共同創立了野生貓科動物保育組織──「Panthera」拉賓諾維茨博士二〇一八年過世了，不過全世界依舊持續推動他充滿熱情的保育任務與重要的工作。

「Panthera」是一個為人們帶來啟發力量的組織，主要推動工作在確保野生貓科動物的未來，並且保育牠們生存所需的廣大土地。這個任務十分重要，可以避免某些物種從世界上絕跡。如果你想更進一步了解Panthera，想知道你可以如何協助，請造訪 www.panthera.org。

「The Snow Leopard Trust」是另一個從事相關保育工作很棒的組織，尤其是保育雪豹。組織的目標是與當地社群共同保護雪豹〈他們彼此分享棲地〉，以及讓人們更加了解這種美麗的生物。請上 www.snowleopard.org 了解更多相關訊息。

你也可以透過世界野生動物基金的物種領養計畫，象徵性的領養一隻雪豹。如果你想知道如何領養，請造訪 gifts.worldwildlife.org。

關於口吃以及我們現今的相關進展

幸運的是相較於瑪姬六〇年代孩童時代的狀況，我們對於口吃的了解已經有許多進展。〈英國比較常用 stammer 這個字，美國比較常用 stutter，不過兩者指的是同一種狀況〉現在已經有各式各樣的關懷組織為口吃的孩子們提供大量協助、鼓勵與支持。如果你是有口吃狀況的年輕人，或是你的家人朋友有人患有口吃，想要了解更多相關訊息，請查閱本附錄最後的相關資訊欄，上面有更詳盡的訊息，讓你繼續做更進一步的了解。

口吃是什麼，不是什麼

口吃是一種溝通的差異，會導致一個人講話中斷，而且未必是他們自己能夠控制的現象。口吃的原因是大腦處理口語表達的方式不同，不過不代表智力的差異，也不代表心理健康問題。同時，口吃十分難以預測，發作的狀況也完全因人而異。每天的狀況可能都不同，症狀也可能會消失一段時間。雖然關於為什麼某些個體的大腦處理口語的方式，不同於其他人的相關研究已經進行了好幾十年〈以及這些個體的大腦究竟如何處理口語運作〉，確切的成因依舊不明。然而我們確實知道：這不是情感狀態，這意味著口吃並不像一般人經常誤解的、或如同刻板印象所呈現的那樣，代表緊張。有些人甚至在放鬆時、或是在他們親近的人身邊時口吃更嚴重，也有些人的狀況相反，還有些人不管正在跟誰講話口吃的嚴重度都差不多。有些口吃者會出現類似的口語重複、拉長語音或者停頓，但是也有人不會。有些口吃的人會像瑪姬這樣，對著動物可以流利的表達，可是對人就不行，還有些人唱歌時就不會出現口吃，也有些人唱歌時同樣會口吃。一個人口吃時的反應沒有既定的「規則」，每個口吃的人都有各自獨特的聲音。另外，我們也要明白有些口吃者是很有效率的溝通者——因為有時候聆聽者會給予口吃者更高的關注。

如果你不是口吃者，遇到口吃者時該如何應對：傾聽。有耐心。這樣就好。

以下是年輕口吃者可以運用的資源：

1. 青年口吃協會（The Stuttering Association for the Young）（SAY）：www.say.org。他們在美國提供全面性的創新計畫，處理口吃帶來的健康、社會與情感衝擊。協會提供夏令營（www.campsay.org）、地區性的平日營隊、語言治療，以及創造性的藝術計畫，建立接納、友愛與鼓勵的社群，讓年輕的口吃者發展自信，學習溝通技巧，幫助他們未來的發展。

2. FRIENDS：年輕口吃者國家協會（The National Association of Young People Who Stutter） www.friendswhostutter.org

FRIENDS 舉辦年會、線上計畫、單日工作坊，與外展服務，為年輕口吃者、他們的家人與專業人士提供支持與教育。協會的願景是幫忙建立一個所有年輕口吃者都更有力量的世界，讓他們可以適時適地用自己想要的方式進行溝通。

3. 口吃基金會（The Stuttering Foundation） www.stutteringhelp.org

口吃基金會為口吃者與他們的家人提供免費線上資源、服務與協助，也協助關於口吃成因的相關研究，基金會同時也為專業人士提供訓練課程。

4. 國家口吃協會（National Stuttering Association）（ＮＳＡ）www.westutter.org

ＮＳＡ致力於透過支持、教育、倡議與研究，為口吃孩童與成人、他們的家人與專業人士帶來希望與力量。

5. 美國口吃機構（American Institute for Stuttering）（ＡＩＳ）

ＡＩＳ為不分年齡的口吃者提供眾人皆可負擔、藝術級的語言治療，同時也為他們的家庭提供相關守則。此外，也提供語言治療專業人士，他們在處理相關協助時亟需擁有的醫療訓練。機構的使命延伸至提升大眾，對這項常被誤解的失調狀態的正確認知與學術進展。

以上只是年輕口吃者、他們的家人與朋友們可以運用的少數組織資源。如果你是年輕口吃者，或者你的朋友遭遇這樣的狀況、你正在尋找社群支持，這些組織都是你可以去探訪的好地方。不論你正在這趟旅程中的哪裡，請明白你並不孤單，它們想聽見你的聲音。

推薦語

為自己、為無法發聲者挺身而出！

一個口吃小女孩對雪豹的溫柔心意，灌溉了他們共同存在的這片土地——雪豹朗帕斯在人類惡待下的不堪處境，成為女孩瑪姬堅強的理由；當原本也因身為「異類」而飽受身心煎熬的瑪姬為朗帕斯挺身而出時，讀者必定能感受到本書所傳遞出的，給予的美好與愛的力量。

——黃宗慧｜台灣大學外國語文學系教授

這本書是談論永續發展的最佳文本，更是孩子展現力量的佐證。一旦森林資源消耗到超過環境所能承載的極限，不僅限縮野生動物的生存空間，人類的命運可能也會隨之影響。書中以瑪姬與小雪豹視角，交替堆疊彼此的生存困境，每個字句都嘗試喚醒蟄眠於我們心中的良善，提醒著我們是有力量為環境，為野生動物再多做一些的。

——黃淑貞｜小兔子書坊店長

自然生態會說話，動物也會說話。你曾經傾聽牠們想要傳達的意思嗎？

外公佛瑞德家附近的威達克森林，英國西南部最後僅存的原始森林，即將被砍筏殆盡，建設大型商場；從寵物百貨公司、到被棄置在威達克森林，最後被送到蘇格蘭野生動物庇護中心安置的雪豹朗帕斯……他們有各自的故事，女孩瑪姬聽得見也想為自然說故事，然而面對人類開口說話就口吃。為什麼只有在人類面前，沒有辦法好好說話？

這是一則透過改編的故事，若你意猶未盡，還可以上網追尋他們的事跡。

——黃愛真｜教育部閱讀推手

深信這本書能夠帶給成長中的青少年寶貴的啟發，特別是在面對生命中的困境與瓶頸時，它將引導他們透過文字與思考，挖掘出自身深藏的韌性，並重新認識生命的壯闊與多樣的可能性，使他們在挑戰中不僅找到力量，也能懷抱希望勇敢前行。

——歐玲滸——童書、繪本閱讀推手

WILDOAK　橡樹森林的秘密

作　　者　C.C. 哈靈頓　C.C. Harrington
譯　　者　黃筱茵
繪　　者　達姆

責任編輯　林祐萱
封面設計　達姆
內頁設計　呂淑雅
內頁排版　唯翔工作室
出　　版　有樂文創事業有限公司
副總編輯　林祐萱
地　　址　235 新北市中和區宜安路 173 號 3 樓
電子信箱　ule.delight@gmail.com
電　　話　02）8668-7108

發　　行　遠足文化事業股份有限公司（讀書共和國出版集團）
地　　址　231023 新北市新店區民權路 108-2 號 9 樓
電子信箱　service@bookrep.com.tw
電　　話　(02) 2218-1417
傳　　真　(02) 2218-1142
郵政帳號　19504465（戶名：遠足文化事業股份有限公司）
客服專線　0800-221-029
團體訂購　02-22181717 分機 1124
網　　址　www.bookrep.com.tw

法律顧問　華洋法律事務所 蘇文生律師
印　　製　博創印藝文化事業有限公司

定　　價　新台幣 400 元
出版一刷　2025 年 2 月

ISBN　978-626-99004-6-6（平裝）

國家圖書館出版品預行編目 (CIP) 資料
橡樹森林的秘密 / C.C. 哈靈頓 (C. C. Harrington) 著；黃筱茵譯 . -- 初版 . -- 新北市：有樂文創事業有限公司出版：遠足文化事業股份有限公司 發行 , 2025.02
面；　公分 . -- (expoer；5)
譯自：WHILDOAK
ISBN 978-626-99004-6-6（平裝）
873.59　114001135